椎樫横の診療所

小暮太郎

目次

本書に収録したエッセイは『埼玉県医師会誌』および『深谷寄居医師会報』（旧『深谷市・大里郡医師会報』）に掲載された作品から自選し、加筆修正したものである。

こうべを上げていこう

——わたし、生まれてから四十八年間ずっと上を向いて生きてきたんです。


出張病院の外来に頭痛の相談で受診された女性が残した名セリフである。

普段から頭痛持ちなのだが、いつもは放っておいても一日、二日ぐらいで治ってしまうのでなんとも思っていなかったとのこと。ところが今回は一週間以上も痛みが続いている。しょうがないので近所の薬局で頭痛薬を購入して使ってみたがあまり効いた気がしない。しかも数日前からなんだか左手の小指側全体がうっすらとしびれている……。

職場の同僚にこの話をしたら、脳梗塞やら、くも膜下出血だの、あげくは脳腫瘍まで、人の気も知らず脳の病気をあれこれ言われてしまい、怖くなって会社を早退してやってきたのだそうだ。

痛いのは首と後頭部が中心で、午後になると悪化するとのこと。仕事はデスクワークでほぼ一日中パソコンと向き合っているそうだ。姿勢は昔から悪く、猫背で肩は凝りやすい。診察してみると確かに首から肩にかけて筋肉が強く張っていたが心配しなければいけない髄膜刺激症状は認めなかった。

頭部ＭＲＩでは頭蓋内病変はなく、首のレントゲン所見と症状から変形性頚椎症と緊張型頭痛と判断。肩凝りからくる頭痛で脳の病気ではない——そう説明すると安心されていた。

その後、モニターで首のレントゲン画像を見せながら生活の中で気をつけなければいけないポイントを伝えた。上を見上げるような姿勢、つまり顎が上がっている状態は脊髄が入っている脊柱管が狭窄するので長時間そのままでいることは好ましくない。パソコンが見えにくくなるとつい顔を画面に近づけがちだが、それも顎が上がった状態——見上げる姿勢——なので気をつけるように。などなど。

すると彼女は「あぁ、そうかぁ」と納得したように呟いた。そして自分の背丈について語り始めたのである。

現在の身長は一四六センチメートル。昔から背は伸びず、バスケやバレーも頑張って続けてみたが効果はなく、周りはいつも自分よりも大きい人ばかりだったそうだ。

「私ね、昔からいつも友達ん中で一番チビでね……生まれてから四十八年間ずっと上を向いて生きてきたんですよ」

「……それ、後半だけ聴くとすごい名セリフですよね」

「ふふふ。でしょ」

ふとジャズ・ピアニストのミッシェル・ペトルチアーニ（Michel Petrucciani）の名曲を思い出した。

ペトルチアーニは一九六二年生まれのイタリア系フランス人。先天的に骨形成不全症を患っており、骨の変形が強く低身長であった。肺も弱いため子供の頃は入退院を繰り返したこともある。骨はもろく、折れやすいので普段から体中に痛みを伴い、時には一人で歩くことすらできないこともあったそうだ。

それでも四歳からピアノを始め、十三歳でジャズ・ピアニストとしてパリでプロデビュー。明るく力強い、技巧的な演奏スタイルでビル・エバンズの影響を受けた美しいフレーズが評判となり、しばらくしてアメリカに拠点を移して活動することとなった。

そしてその後フランス人として初めてアメリカの名門ジャズ・レーベル、ブルーノート・レコードと契約を結んだのである。一九九九年に肺炎をこじらせて三十六歳という若さで亡くなってしまったが、今でもフランス最高のジャズ・ピアニストと呼ばれている。

思い出した曲というのは一九八九年にブルーノート・レコードから出したアルバム『Music』の中に収録されている「Looking Up」である。

Michel Pettrucciani (1989)
『Music』Bluenote Records

気だるそうなゆっくりとした出だしながらすぐにテンポは上がり、小鳥のさえずりのようにコロコロコロと音符が流れていく。

――色々と難しいこともあるかもしれないが全ては上向き。looking upだ。世の中が明るく感じるリリカルな旋律である。疲れた日の朝には最高なＢＧＭだ。

数年前に外来でこんなことがあった。

かかりつけの老婆が体格の良いお孫さんと一緒に診察室に入ってきた。杖などの支えは使用していないものの、これでもかと言うくらい腰がくの字に曲がっている方だ。診察室の椅子に腰掛けても前屈みなのでいつも右上方に首を捻って下から僕の顔を覗き込むようにしてお話をしている。診察後の雑談でそのことについてこう漏らしていた。

「農家に嫁いでからずっと下見て作業してたてね。気がついたらこんなん曲がってたんよ」

「だいぶ不便そうですね」

「そうさな。立っても座っても地面しか見えないし、壁時計見るときゃ三白眼。景色も悪けりゃあ目つきも悪い。ろくなこたぁねぇさね」

「ふふふ。巧いなぁ」

「いつか腰をピンッと伸ばして天を仰ぎたいもんだよ」

そう言うとお孫さんが後ろから声をかけた。

「婆ちゃん、大丈夫だよ。あと数年もすりゃあ土ん中でずっと上向いてられっから」

――でぇ……。

耳を疑って思わず彼の方を見たらイタズラっぽい表情でニヤニヤしていた。

「でっ！」

老婆は一言発して後ろ手に彼を叩く仕草をした。

「な、センセ。この子さ、いつもハァ憎まれ言うんよ」

そう言いながらもすごく嬉しそうである。

診察室を出る時、お孫さんが「ほれっ」と優しく手を差し出すのを見て頬が緩んだ。

昨今、世代間のつながりが乏しくなったと言われるが、まだまだ捨てたもんじゃない。

looking up――上向き。上向きだ。

（『深谷寄居医師会報』一八五号　二〇一九年八月）

逃げる光

子供の頃、天気のいい日に父の運転で家族ドライブに出かけると遠くの路上にいつまで経っても近づくことのできない水溜まりを目にすることがあった。

——もっと早く！　もっと早く！

後部座席から声をかけても父はフフッと愉快そうに笑うばかりでスピードを上げてくれない。

——あれは逃げ水よ。

母が助手席から教えてくれた。

それが蜃気楼と同じで大気と地表の温度差で光が屈折して見える現象だと知ったのは小学校の高学年になってからである。

それでもしばらく、きっと何かを何とかすれば追いつけるはずだと思い続けた。

追いつくことができれば虹のたもとに埋もれた財宝のような素晴らしい「何か」が手に入るに違いない。

　僕らの世界は当時、空想科学で動いていたのである。


　数年前から首都高速道路で逃げる光を目にするようになった。

　もちろん蜃気楼でも怪奇現象でもない。道路の壁面に設置されたＬＥＤ灯が自動車の進行と同じ方向へ流れるように順番に点灯する区間が出現したのだ。

　初めてこれに遭遇したのは首都高中央環状線の山手トンネルの中野長者橋あたりである。勾配の緩やかな上り坂が始まる箇所で自然渋滞――坂道渋滞――が発生しやすい場所だ。そこをパッパッパッと青白い光が車を誘導するように左前方を流れていくのである。

壁面を流れるエスコート・ライト

これは「エスコート・ライト」(escort light:随伴灯)と呼ばれるそうで、無意識のうちに自動車の速度が低下してしまうことを抑制する目的で設置されているのだという。最初に設置されたのは首都高3号渋谷線下りの池尻付近で、設置前後で比較するとその区間における単位時間あたりの交通量が3%向上したそうだ。渋滞抑制に有効だということで今後も坂道渋滞の発生しやすい区間に導入される予定である。

実際稼働している様子を見ると、このライトはスピードの落ちた自動車をエスコート(随伴)するというよりはスピードが落ちないように自動車をリード(lead:引率)するイメージの方が強い。

そう考えるとこれは「エスコート・ライト」と呼ぶより、むしろ「リーディング・ライト」(leading light:引率灯)と呼んだ方がより的確だと思われる。だがおそらく、そうした場合「読書灯」を意味する「reading light」と区別がつかなくなるので「エスコート」と呼ぶことにしたのではないだろうか――と、つい命名の経緯にまで想像を膨らませてしまう。

渋滞学という比較的新しい学問がある。

東京大学先端科学技術研究センターの西成克裕教授が命名したもので、渋滞がなぜ発生するのか、渋滞を防ぐためにはどうしたら良いのか——それを多次元的に研究する分野だ。交通渋滞を意味する英語の「traffic jam」から「jamology」という名称で同センターは海外にも情報を発信している。

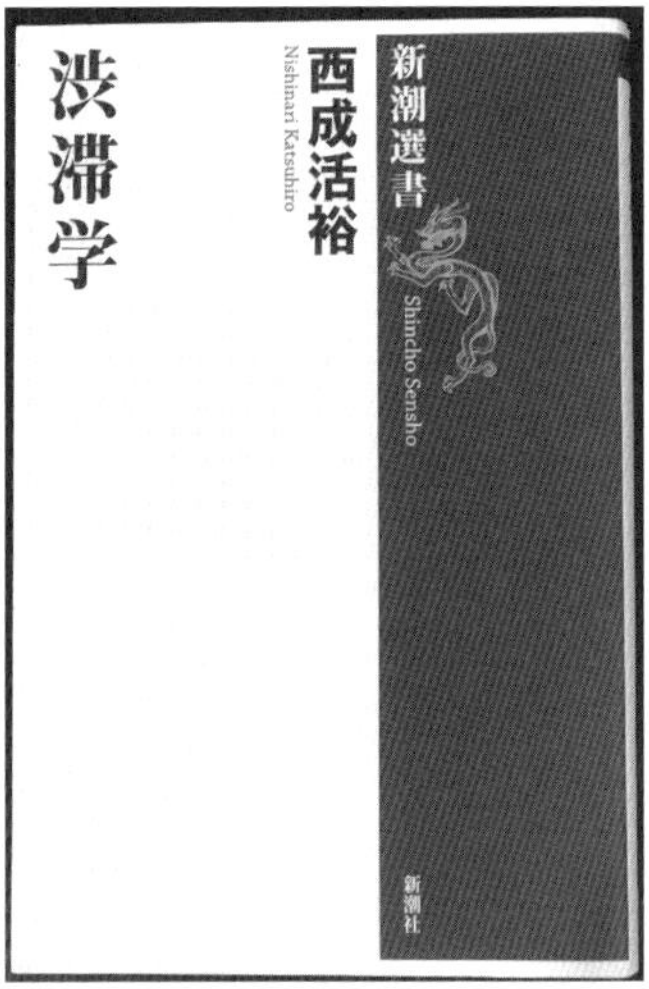

西成活裕（2007）『渋滞学』新潮選書

渋滞とは時速四〇キロメートル以下の低速走行もしくは停止発進を繰り返す車列が一キロメートル以上かつ十五分以上継続した状態と定義されている。ではなぜ渋滞が発生してしまうのだろうか。

ニュートン力学において「理想的な物体」（ニュートン粒子）の運動の様子は三つの基本法則――慣性の法則、運動の法則、作用反作用の法則――によって説明が可能だ。

もし自動車がでっかいパチンコ玉のようなニュートン粒子であれば、その動きは十分予測可能である。そして車間距離がたとえ数センチしかなくてもお互いぶつかることなく複雑な軌跡を超高速で移動させることも可能なのだ。

だが自動車を実際に制御するのはドライバーである。定義上、自動車は運動の三法則がそのまま成立しない自己駆動粒子（self driven particle――非ニュートン粒子とも）なのだ。つまり周囲の状況に対してドライバーの「認知」、「判断」、「行動」という反応が影響を及ぼすためその動きを予測するのは困難なのである。

前を走行する車両が減速すると後続車のドライバーはそれを認知し、車間距離を空けるためにブレーキを踏んでスピードを落とす。さらにその後続車も同様に減速をする。その際、車間距離をどの程度とるか――安心できる距離――は人それぞれなので減速のタイミングと程度はまばらである。車列が長い状態でこのような不規則な減速の連鎖が続けば車列後方の車両はどんどんスピードが落ち、しまいには停車してしまう。これが渋滞の発生の機序である。

この理屈でいくと高速道路で渋滞を誘発させることは難しくない。速度を上げにくい状況を作り、ブレーキを多く踏ませ、車間距離をより空けるように誘導すれば良いのである。例えば、カーブや分岐・合流地点を多くする、路面にグルーブ（溝）やスピード・バンプを設ける、標識をたくさん設置する、見晴らしを悪くする、などが考えられる。

逆に減速させない――速度を保たせる――方法もここから見えてくる。直線道路を増やしＲ値（半径）の小さいカーブを減らす、合流地点の見晴らしを良くする、標識の数と記載される情報量を減らす、などなど。渋滞しにくい道路を設計する場合、こういうファクターに気をつけなければいけない。そしてこれらはいずれもドライバーの判断に伴う意識的な減速を抑制する環境づくりである。

今回登場したエスコート・ライトが興味深いのはドライバーの無意識の減速を抑制することを目的としている点である。

緩やかな上り坂は周りの景色を見ていても坂道だと気づかないことが多い。一定速度で走っているつもりでも勢いが落ちて徐々に減速してしまうのである。高速道路の渋滞の七割近くがこのような「サグと上り坂」と呼ばれる区間で生じるということからエスコート・ライトは画期的なアイデアだ。

動物はやたらと近づいてくるモノを警戒し、手元から遠ざかっていくモノに興味を惹かれる。エスコート・ライトはこの心理・本能を利用しているのだ。ポイントはギリギリ追いつけそうな速さと距離感で移動させること。子供の頃の逃げ水ではないが、届きそうだからこそつい追ってみたくなるのだ。

しかし逃げ水と違ってエスコート・ライトはアクセルを吹かしてスピードをあげれば追いつくことも追い抜くことも可能である。ただそうした場合、素晴らしい何かを手に入れるどころか、悲しい悲しい赤い切符をプレゼントされてしまう可能性があることを肝に命じなければいけない。

子供の頃と違い、僕らの世界はあまりにも現実的なのだ。

（『埼玉県医師会誌』八三四号　二〇一九年九月）

知らぬが仏、言わぬが花

〽知らない方が いいのかもね～

妻と一緒に観ていたテレビドラマの主題歌が頭から離れなくなった。

粕谷紀子の漫画『私はシャドウ』を原作とする『専業主婦探偵』というドラマで、主題歌はPerfume《パフューム》の『スパイス』。中田ヤスタカ作詞・作曲である。

〽知らない方が いいのかもね～

キャッチーなフレーズが頭の中で幾度も繰り返されるうちに、かれこれ三十年以上前に経験した出来事を思い出した。

それは平日のお昼過ぎ。ひとり自宅の居間で本を読みながらくつろいでいた時のことである。ソファの横にある電話が鳴ったので手を伸ばして受話器を取った。

「こちら〇〇化粧品と申します。小暮様のお宅でよろしいでしょうか」

「はぁ、そうですが」

「先日、お問い合わせをいただいた化粧品のサンプルをお送り致しましたが、ご感想を伺いしたくお客様にご連絡差し上げております。」

「はい」

「小暮リオ様はご在宅でしょうか」

……うちの猫だ。

たぶん姉か母がサンプルを余分に取り寄せるつもりで猫の名前で申し込んだのであろう。予想外の名前を出され、返答するまで少し間が空いてしまった。

「あ、えーと、少し前に横になったばかりで電話に出られませんけど……」

リオは僕の隣で目を細めて気持ち良さそうに喉をゴロゴロ鳴らしている。

「左様でございますか、失礼いたしました。……もしよろしければ伺いたいのですが、ご家族の方から見てリオ様のお肌のご様子はいかがでしょうか」

――あぁ、艶《つや》が出て毛並みが良くなりましたねぇ、ハハハ。

なんて言い放つ度胸もなく、言葉を選びながら訥々《とつとつ》と返した。

「えー、肌の状態はですねぇ……んー、あまり観察する方でないので……ハイ」

なんだか田村正和が演じる古畑任三郎みたいな口調になっていた。

「失礼いたしました。もし当社化粧品でお気付きになったことがございましたらいつでもご連絡くださいませ。貴重なお時間をいただき、ありがとうございます」

「ああ、どうも」


とっさに言わぬが花とばかりに応対したが、かなり不審に思われたはずだ。おそらく相手も違和感を抱きつつ、知らぬが仏と敢えて必要以上の追及を避けたのであろう。

思い返せば、僕とリオの関係を確認せず肌の感想を求めたのは不自然な気がする。

とはいえ「リオ様のご主人でしょうか」と訊かれたら、ためらわず「ハイ、そうです」と答えるに決まっているのだが……。嘘じゃないし。


その晩、家族にブースカ文句を垂れながら昼の顛末を話したら、みんな腹を抱えて笑っていた。

――ったく、人の気も知らないで……。

知らぬが仏といえば以前、外来でこんなことがあった。

娘さんと一緒に診察室に入ってきた七十代の男性Mさん。問診票には三、四日前から頭痛が続いているので薬を処方して欲しいと記載されている。

詳しくお話を伺うとひと月ほど前に頭を打撲していることが判明した。

——慢性硬膜下血腫かも知れない。

そう思い、念のために頭の検査をしましょうと二人に話した。

すると娘さんが少し身を乗り出してこう言った。

「あ、先生。検査の結果は私だけにお願いします」

——不思議なリクエストだ。

「わかりました……でも治療が必要なことだったら一緒に説明した方がいいですよね」

「いいえ。父は気が小さいので聞きたがらないんでね」

「どうやって治すのか、知らないと不安になるんじゃないですか」

Mさんに視線を戻して問いかけた。

「飲み薬で治るもんだったらともかく、点滴とか手術の話になるとダメなんですよこの人」

娘さんが代わりに答えた。

「はぁ」

「わしゃ、知りたかないんよ。……知らんうちにポックリが一番」

意気地がないんだか、いさぎよいんだかハッキリしない。

「フフッ、ピンピンコロリですね……でも早期に発見して治療すれば治る病気はいくらでもありますよ」

「イヤイヤ……」

二人揃って手を左右に振った。

――さすが親子、反応が一緒だ
「……父さんは知らぬが仏が信条なんでね」

そーだ、そーだ、言ってやってくれとばかりにMさんがウンウン頷いている。

「えー。でもそれ知らぬが仏どころか、下手すりゃ治る病気だと知らないまま……それこそ『知らずに仏』だって有り得ますよ」

「……でぇ。先生、巧いねぇ」

咄嗟に交えたダジャレにMさんが気付いて笑った。

「だけんどわしゃ、ハァ知らないうちにポックリが良《い》んよ」

体の不調に病名がついて安心する人もいれば、病名がついてしまうことを怖がる人もいる。

知る方がいいのか、知らない方がいいのか。言う方がいいのか、言わない方がいいのか。色々考えさせられるやりとりだった。


ダジャレついで。大学生の頃こんなことがあった。

池袋のサンシャイン通りの手前で友人を待っているととつぜん外国の男性に声を掛けられた。

「スミマセーン、英会話キョーミありませんか」

――あ、勧誘か。

「……いや、別に」

極力素っ気なく答えたつもりだったが、彼は気にする様子もなくにこやかに話し続けた。

「英語できるとオトクね」

「ええ、そうでしょうね」

「英会話、たのしいよ」

男性は何とか会話を続けさせようとしている。

まだ友人の姿は見えない。

帰国子女なので英語に不自由していない――そう説明しようと彼の方を向き直した。するとと興味を持ったと思われてしまったようだ。あれやこれやと英会話を学ぶべき理由をまくし立ててきた。


「海外旅行にベンリね」

「でも僕は……」

「インターナショナルなオトモダチたくさんできるよ」

言葉を挟ませてくれない。

「いや、だから……」

「英語ができるとモテるよ、知ってる？」


――知らんが放っとけ。


ついイラっとなって堪らず英語で答えた。

「so you're implying that I'm not attractive」

（それ、僕がモテない前提で言っているよね）

急に英語で返されたので男性はギョッとした。

「oh, no no no... that's not what I meant」

（イヤイヤイヤ……そんなつもりは）

初見の人から事実を突きつけられるとカチンとくるものだ。自然と口調が冷やかになる。

「I don't have to learn English... okay?」

（とにかく僕は英語を学ぶ必要はないからさ）

「okay, okay... sorry」

（わかった、わかった……ごめんよ）

そう言って男性はとぼとぼ立ち去った。

うしろ姿を目で追いながら反省をした。僕に非がないわけではないからだ。最初からしっかり断るか英語で返答していれば彼もすぐ他を当たったであろうに。

言わぬが花。異文化コミュニケーションでは通用しないのだ。


（『埼玉県医師会誌』八三〇号　二〇一九年五月）

書物の展望

神田神保町の古書店で入手した古い雑誌を読んでいたら発声映画《トーキー》やラジオの出現によって書物のあり方が変わるのではないかと案ずる記事が目に入った。(1)

――文学といふものも科学もトーキイやラヂオやに領分を侵されて来てゐる以上、書物の形式もいつまでも今日のやうなブックフォームではつゞくまい。（中略）獣骨、焼物、竹簡、布帛《ふはく》、紙といふ風に書物の材料が変わつて来た上、形式も韋編《いへん》とか巻子《へそ》とか冊子とかいふ風になって来てゐる。この冊子の形式も可成《かな》り長い間つゞいたが、このまゝでは終わるまい。

この記事から八十年経った現在、再び書物の将来が心配されているのは興味深い。
そのきっかけを作ったのは電子書籍の登場である。

諸説あるが、現在の電子書籍の基礎を築いたのはおそらく一九七一年にアメリカで発足した「Project Gutenberg《プロジェクト グーテンベルグ》」だ。著作権の切れた書物をデータ化し、電子書籍として誰でも自由に閲覧できるようにすることが事業目的の非営利団体である。発足当初は世界中のボランティアが文字の入力を手作業で行っていたが、現在はスキャナーと文字認識ソフトのおかげで作業効率が大分良くなっているそうだ。
我が国では一九九七年に同様のプロジェクトとして「青空文庫」が発足している。

これらはいずれも読み易さよりも汎用性を重視しているため、テキスト形式やＨＴＭＬ形式での提供がほとんどで、表示した時のレイアウトは簡素である。一部の会社はそれらを専用機器や専用ソフトを使って読み易く閲覧できるように独自の形式で組み直す工夫もしたが、一部の好き者にしか注目されず、思うほど普及しなかった。

電子書籍に転機が訪れたのは二〇〇七年である。

出版業界が不況に喘ぎ、通常書籍の販売数が落ち込む中、インターネット書店のAmazon社が電子書籍リーダー（閲覧端末）のKindle《キンドル》を発表したのだ。それを各種メディアが大々的に取り上げ、それまで低迷していた電子書籍の販売数およびダウンロード数が爆発的な増加を見せたのである。Kindleがその名の通り市場に火を点けたのだ。

その動向を目の当たりにして、二〇〇八年に開催された世界経済フォーラム（通称ダボス会議）では、人類が近い将来直面するであろう世界を揺るがす四つの重大な出来事の一つとして書物の絶滅が提示された。(2)

そしてその翌年、あたかも書物の終焉が始まったかのような出来事が記事になった。「A library without the books」（本のない図書館）という題名で米国マサチューセッツ州にある一八八五年創立の高等学校、クッシング・アカデミー（Cushing Academy）の画期的な取り組みが紹介されたのだ。(3)

記事によると同校は図書館が所蔵する約二万冊の書籍を処分し、代わりにコンピューターを複数台設置するとのことであった。そして接続環境を整え、ネット上の様々な電子書籍データベースにアクセスできるようにするのである。完成後、この図書館で貸し出されるのは書物ではなくKindleやiPadなどの電子機器になるのだ。

記事の中のインタビューでアカデミーの学校長は「書物を見ると時代遅れの技術を見ている気分になる」と、おどろきの発言をしている。学舎の長が書物を否定するとは、大変な時代になってしまったものだ。

クッシング・アカデミーに倣って次々と他の学校も図書館から書物を処分してしまうのではないか。書物の将来が懸念された。

それから数年経ち、二〇一三年にいくつかのアンケート調査結果をまとめた記事がウォール・ストリート・ジャーナルに掲載され、話題になった(4)。それによると、米国に居住する十六歳以上の人口の25%が何らかの電子書籍リーダーを所有しており、ネット利用者の20%が電子書籍を購入したことがあるそうだ。そして電子書籍の利用率は二〇一一年から二〇一二年の一年間で増加しているにも関わらず一般書籍の利用率は特段減少していないのが興味深いとしている。

電子書籍が登場して出版業界で一番打撃を受けたのは廉価版ペーパーバック市場で毎年20%ずつ売上が減少している。単行本はほとんど影響を受けておらず、売上は毎年2%増であった。児童書は電子書籍が登場してからむしろ好調で、毎年40%の売上げ増が確認されている。

さらに調べると、過去十二ヶ月の間に89％の人が最低一冊の書物を読んでいるのに対し、電子書籍を最低一冊読んだという人の割合はたった30％であった。そして読者層の59％は電子書籍に全く興味がないと答えている。すなわち、アメリカの読者は依然として印刷された書籍を好むのだ。

我が国は先進国の中で最も電子書籍の普及率が低いことを考えると、日本の読者層も同じく印刷されたものの方が性に合うのであろう。

かつて一九五〇年代から一九六〇年代にかけて米国を中心にテレビが爆発的に普及した時も書物の存在意義《レゾン・デートル》が危ぶまれたことがあった。しかし冒頭で紹介した記事の時もそうだったが、結果的に書物が廃れてしまうことはなかったのである。

そのことについてヘルマン・ヘッセは随筆の中で次のように述べている。(5)

――娯楽や教育の欲求が新しい発明によって満たされれば満たされる程、書物はその尊厳と権威を取り戻すのである。（中略）書物が持つ機能の全てをラジオやキネマ、もしくはその他の新参のライバルが継承したといえる状況に我々はまだ至っていないのだ――

どうやら書物の地位はまだまだ安泰のようだ。

ところで「本のない図書館」の記事が出てから数ヶ月後、完成した新しい図書館を紹介する記事が別紙に写真付きで掲載されていた。(6)

写真奥に広がる館内は空虚で、本棚はほとんどなく、机が並べてあるだけだ。そこに学生の姿はない。それを見てローマの哲学者、キケロの言葉が思い浮かぶ。

——書物のない部屋は魂のない肉体のようだ。

図書館は本来、資料の収集および保存と整理を行う機関であるとともに書物と利用者が出会いを果たす場所である。

何の目的なしに本屋さんに入っても、出てくる時には面白そうな本を何冊か手にしているという経験は誰にでもある。本棚に書物がズラリとたくさん並んでいるからこそ、それを眺めているうちに予想もしない素敵な出会いがあるのだ。

子供たちから出会いの場所を奪ってしまった「本のない図書館」に人が集まらないのは当前である。

からっぽの館内を見渡せる机の後ろで一人ぽつねんと座っている館長。
電子機器を前に並べ、こちらを振り返るその表情はあまり誇らしげではない。
「あ～ぁ、やっちまった……」――むしろそんな声が聞こえてきそうだ。

November 9, 2009

The Rise Of The E-Book | Cushing Academy leads the way in new tech adoption, but will anyone follow?

PHOTO/CHARLES STERNAIMOLO

Tom Corbett, library director at Cushing Academy in Ashburnham, holds an electronic reader called a Kindle. The school now has 8,000 fewer bound books and 68 electronic readers after a $100,000 tech investment.

本のない図書館、完成後の記事

（1）柳田泉「モア・アット・ランダム」、『書物展望』昭和六年八月号、書物展望社

（2）二〇〇八年のダボス会議にて近い将来人類が直面するであろう重大出来事として、石油価格の高騰、水が石油と同じような交易商品となる、アフリカが大きな経済勢力となる、そして書物が消滅する、の四項目が提示された。

（3）Abel, David. *A Library without the Books.* The Boston Globe. 9 Sept. 2009.

（4）Carr, Nicholas. *Don't burn your books - print is here to stay.* Wall Street Journal. 5 Jan. 2013.

（5）Hesse, Herman (1974) *My belief: essays on life and art* Farrar, Strauss and Giroux

（6）Butler, Brandon. *The rise of the e-book. Cushing Academy leads the way in new tech adoption, but will anyone follow?* Worcester Business Journal. 9 Nov. 2009

（『深谷市・大里郡医師会報』一七二号　二〇一三年七月）

私家版：日本のプライベート・プレス

少し前にある縁でイギリス人ブック・コレクターのS氏と会う機会があった。オクスフォードの大手出版社の元役員で、去年の秋から約二年の予定で東京の神楽坂に暮らし始めたばかりである。

せっかくなので滞在中、東京で会える同好の輩はいないだろうか――イギリスの愛書家仲間に相談したところ、僕の名前が挙がったのだそうだ。以前メールのやり取りをしたことのある愛書趣味雑誌『Parenthesis』の編集長O氏がたまたまS氏の知り合いだったのである。

――君のことを話したら興味を持ってね。面白い人物なので会ってやってくれないだろうか。

O氏からそのようなメールとS氏から預かったメッセージが送られてきた。

本好きに悪い奴はいないとはいえ、昨今にしては個人情報の扱いが大分寛容（雑）な気がする。まぁ、僕を知人にも紹介できる常識人だとO氏が判断してくれたと思えば名誉なことかもしれない。

——是非お会いして日本のプライベート・プレスについて語り合いたい。

S氏のメッセージにはそのようなことが記してあった。

その後連絡を取り合い、お互いの予定を調整して三月上旬に恵比寿のウェスティン・ホテルで会うことになったのである。

約束の時間ピッタリにホテル上階のバーにやってきたS氏は白いあご髭を生やした七十代の紳士だった。オーストラリアやニュージーランドのプライベート・プレスに造詣が深く、『Parenthesis』や『Matrix』など愛書家向けの雑誌に寄稿する以外に講演も行うなど、かなり活動的な方である。日本のプライベート・プレスについて興味を持つのは当然なことだ。ところが来日してしばらく経つのに有益な情報が得られず、不思議そうにしていた。

——いったい日本にプライベート・プレスはあるんだろうか？

冗談交じりの問い掛けに僕はこう答えた。

——not really（厳密にはないですよ）。

S氏は意外そうに片眉を上げた。

S氏の言う欧米のプライベート・プレスというのは美しい書物（book beautiful）もしくは理想の書物（ideal book）の制作を目的とする印刷工房のことである。プレスとあるようにそこでは印刷機の操作はもちろんのこと、本を造る工程のあらゆることにこだわり、時には活字の鋳造や、印刷用紙の制作まで手がけてしまうのだ。

英和辞典では「営利を目的とせず狭い範囲に配布するために個人が発行する書籍およびそれを制作する工房」とあり「私家版」と訳している。だが日本の私家版工房は欧米のプライベート・プレスと異なり、そこで印刷を行うことは少ない――印刷はそれを生業とする職人に依頼するのが一般的である。日本語はひらがな・カタカナ・漢字と文字種が多いため、大量に活字を用意しなければいけない活版印刷は誰もが気軽に手を出せる代物ではなかったからだ。

日本にプライベート・プレスがないと言ったのはそういう理屈である。

とはいえ、江戸時代に発行された書籍の三割が私家版だったというデータもあり、日本の私家版は欧米のプライベート・プレスより古くから普及していたことはわかっている。

欧米のプライベート・プレスは産業革命をきっかけに誕生した。

産業革命は大量生産をもたらし商品が廉価となった反面、効率件が重視され手間と費用のかかる伝統工芸・技術がないがしろにされるようになったのである。

これに警鐘を鳴らしたのがイギリスのウィリアム・モリスだ。伝統的なデザインや工芸技術の価値を再評価し、継承すべきだと訴えて一八八〇年ごろに美術工芸《アーツ・アンド・クラフト》運動を提案・主導した。そして一八九一年にケルムスコット・プレスを設立。『チョーサー作品集』を代表とする装飾美しい書籍を次から次へと発行したのである。その後モリスの思想とケルムスコット・プレスに影響を受けた愛書家たちが欧米各地でプライベート・プレスを開設する動きが発生した。これがプライベート・プレス運動だ。

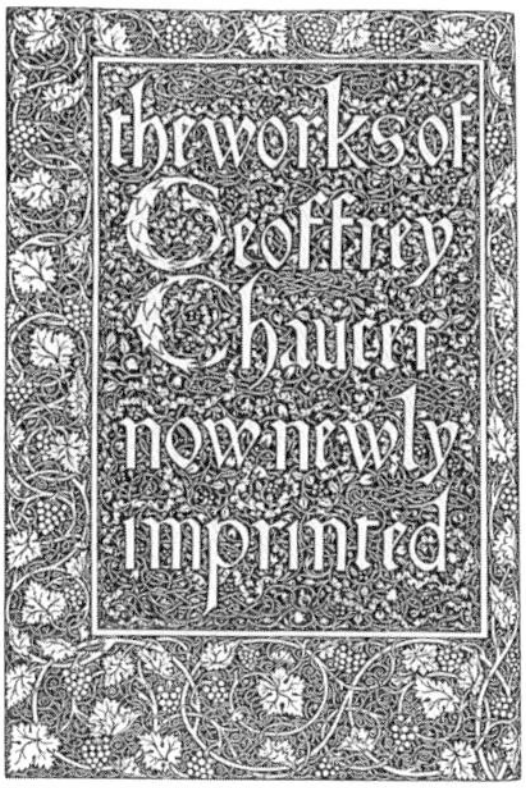

ケルムスコット・プレス
(1896)『チョーサー作品集』

日本も明治維新以降、産業革命・日露戦争・関東大震災と世情と価値観が激しく変動する出来事が続いた時期がある。そして人々は伝統的な風習や価値観を捨て、効率よく廉価なものを許容し、求めるようになった。その風潮に危機感を持った柳宗悦は一九二六年に河井寛次郎らとともに「民藝《みんげい》運動」を立ち上げたのである。これは日常生活道具に「用の美」を見出して芸術性を探求するもので、モリスの絢爛な復古的アプローチと異なり侘び・寂び・手沢を主題とする流れだった。プラベート・プレス運動がここから派生することはなかったが民藝運動以降、理想の書物、美しい書物の制作を目指す愛書家たちが現れた。

例えば、柳らと交流のあった英文学者で和紙研究家の寿岳文章。彼が染色工芸家の芹沢銈介とともに制作した『絵本どんきほうて』は当時、国内外で高く評価された私家版だ。

向日庵（1936）
『絵本どんきほうて』[1]

また欧米のプライベート・プレスと異なり、日本の私家版はその当時、決して愛書家のためだけに発行されていたわけではない。例えば堀辰雄は雑誌『改造』で好評だった小説『聖家族』や『風立ちぬ』を大手出版社からではなく、あえて私家版としてそれぞれ江川書房と野田書房から初版を上梓している。

これらは素材にこだわり、シンプルかつ美しく仕上げ、作者の言葉を引き立てる純粋造本と呼ばれるものだ。安くはないが、美しい作品を美しい装いで読んでもらうという考えは円本ブームのアンチテーゼとも言える。

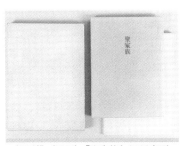

堀辰雄（1932）『聖家族』江川書房

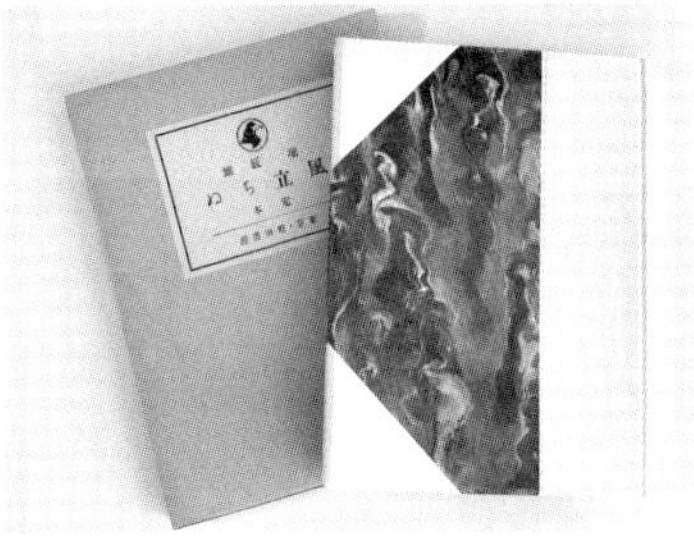
堀辰雄（1938）『風立ちぬ』野田書房

円本は関東大震災後、経営不振にあえぐ出版大手の改造社が一九二六年に一冊一円で『現代日本文学全集』を予約販売したことに始まる。倒産直前、薄利多売の自転車操業を狙った企画だったが思いのほか大ヒットし、結果的に右肩上がりに業績が回復したのだ。そしてこれを見た同業各社が追従する形でそれぞれ廉価な全集を発行するようになったのである。この円本ブームのおかげで廉価な全集が日本中の書棚を飾ることになり、当時からその功罪について愛書家の間で議論されたそうだ。

と、つい調子に乗って延々と語り続け、気づくと戦後の私家版ブーム、ガリ版による私家版の登場、そして近年の私家版事情にまで話を広げてしまっていた。だがこのマニアックなネタはS氏の好奇心を刺激したようだ。「向日庵」、「書物往来社」、「アオイ書房」、「昭森社」、「此見亭」、「水曜荘」、「プレス・ビブリオマーヌ」——僕が口にした代表的な私家版工房の名前をメモに取りながらフムフムと聞いてくれたのである。

後日S氏にそそのかされ、これらを文章にまとめて冒頭の『Parenthesis』に寄稿することになった。それが先日めでたく承認《アクセプト》され、二〇二〇年の春号に掲載されることが決まったのである。(2)

購読を始めた数年前、自分がそこに寄稿する機会すらあるなんて思ってもいなかった。業界の著名な方々と誌面に名を連ねるのは至極恐縮だが同時に本オタク冥利に尽きる出来事である。

奇縁が機縁で世界が広がる――不思議なものだ。

（1）書影は蝦名則氏より許可を得てえびな書店（www.ebinashoten.jp）のサイトより転載。

（2）Kogure T. (2020) Japanese private presses: a brief introduction to the modern shikaban. *Parenthesis 38 The Journal of the Fine Press Book Association* (Spring 2020) 6 - 10.

本書巻末に画像を追加した増補版を収載。

（『埼玉県医師会誌』八三七号　二〇一九年十二月）

若山八十氏

　五年ほど前の話である。恩地孝四郎のとある版画作品が横浜美術館で展示されることを知って、さっそく東急東横線に乗ってみなとみらい駅に向かった。

　そして駅を出て歩くこと十数分。美術館前の掲示板に「魅惑のニッポン木版画」と書かれたイベント・ポスターが貼り出されていた。

　横浜美術館の開館二十五周年を記念して開催された特別展である[1]。幕末から現代まで、美術館が収蔵する数多くの木版画を惜しみなく展示する企画で、恩地孝四郎の『ダイビング』もその中の一つだった。

横浜美術館開館 25 周年特別展のパンフレット

『ダイビング』はそれまで本でしか目にしたことがなかったが、以前から好きな版画の一つである。色数少ないシンプルな構図ながら躍動感に溢れる作品だ。漫画っぽいという意見を耳にしたこともあるが、制作されたのが一九三三年頃だと考えると誰もが驚くのではないだろうか。古さを感じさせないデザインなのだ。

飛板の下から見上げる空に選手がタンッと飛び出した瞬間。息を飲む静けさが辺りを包み込む。空を青くせず、紙の地色を生かして摺りあげたおかげでキッと結んだ選手の唇に視線が導かれる。爽快な夏の思い出だ。

恩地孝四郎『ダイビング』(2)

本作品は一九三二年のロサンゼルス・オリンピックをきっかけに制作されたという話がある。

この年開催された第十回夏季大会は日本女子水泳団が初めて参加する五輪だった。競泳七名、飛び込み一名、合わせて八名が出場。二〇〇メートル平泳ぎでは前畑秀子がトップとわずか〇・一秒差で銀メダルを獲得。飛び込み競技では鎌倉悦子が高飛び込みで六位、飛板飛び込みで七位に入選。他六名の競泳選手は予選落ちしながらも全員がそれまでの自己記録を更新するという成果を残した。実りある初出場に国内は盛り上がったそうだ。そして前畑はこの時の悔しさをバネに四年後のベルリン・オリンピックで日本人女性初の金メダルを獲得するのである。


恩地が実在の選手をモデルに『ダイビング』を制作したかどうかはわからない。ただ、この作品で表現される〈緊張を解放した瞬間〉は飛び込み競技だからこそ描写できたと思われる。

実物の判型が想像していたよりも小さかったのが印象的だったが、(3)それでも紙の質感、色調、インキのにじみなど、写真からは伝わらない細かい特徴を知ることができ、あらためて感動をおぼえた。

開館二十五周年というだけあって展示作品数はかなり多かった。歌川国芳や月岡芳年はもちろん、近代は樋口五葉や伊東深水の美人画なども並んだ。

また当然といえば当然なのだが、古本屋でも見かける版画に関する古い書籍もいくつか展示されていた。中でも前川千帆《せんぱん》編纂の版画雑誌『閑中閑本』の極美品揃物がガラスケースに収められているのを目にした時、無意識に値札を探していて苦笑してしまった。

ちょっと意外だったのが若山八十氏の木版画が一点展示されていたことだ。というのは、彼はたしかに恩地孝四郎に師事してはいるが木版画よりも謄写版《とうしゃばん》作家として有名だからである。その代表作を紹介するのが目的であればここは謄写版の作品であるべきなのだ。

謄写版とはガリ版のことである。

ガリ版はシルクスクリーンと同じ孔版印刷の一種で、エジソンが一八七六年に考案したミメオグラフ（mimeograph）を元にわが国の堀井新治郎父子が改良を加え、開発したものだ。(4) 製版をする際、ヤスリ盤の上に乗せた原紙（パラフィンを引いた雁皮紙）に鉄筆でガリッガリッと音を立てながら文字や絵を刻む様子が「ガリ版」という名称の由来になっている。

原紙を鉄筆でこする——原紙を切る——とそこに小さな孔《あな》がたくさんあく。インキをその上に乗せて伸ばすと孔のある部分だけインキが通過し、鉄筆で描いた模様が下に転写されるのだ。これがガリ版の原理である。

漢字、平仮名、片仮名、英数字など、日常的に使用する文字の種類が多いわが国では活字を大量に持たずに済む携帯性、そして製版と印刷の簡便性からガリ版は広く普及した。

若山はこれを一九四〇年以降、芸術の域へと高めていった作家の一人なのだ。

若山八十氏＝ガリ版。そんな先入観があるせいか、初めて見る若山の木版画に心が動かされることはなかった。むしろ目についたのはその下に貼ってある作品説明である。

彼の名前を英語で「Ｙａｓｏ」と誤って紹介しているのだ。

若山の本名は「弥惣司《やそうじ》」。筆名の「八十氏《やそうじ》」はそこから派生している。ところが馴染みのない方は「氏」が敬称だと合点してしまい「若山八十」と載せてしまうのだ。詩人の西條八十と同じだと勘違いしてしまうのであろう。

若山八十氏　1903-1983
新緑『一木集 Ⅰ』より
1944
WAKAYAMA Yaso
Fresh Verdure, from the wood block print album Ichimoku-shu I

若山八十氏の作品説明

むかし若山が関係する私家版をいくつか蒐集していたことがあるが、その時もしばしば彼の名前が間違って記載されている古書目録を見かけることがあった。

この手の間違いは他の作家でも起こりうることだ。

前述の前川千帆も英語で名前が「Ｃｈｉｈｏ」と綴られているのを見たことがある。きっと英訳の担当が彼のことを知らず、優しいタッチの作品を見て女流作家だと勘違いしてしまったのであろう。いずれにせよ、こういうミスは波及するので作品を紹介する際はとくに気をつけるべきである。

「魅惑のニッポン木版画」。見応えのある楽しい特別展だった。展示目録を売店で購入する際『ダイビング』の複製ポスターを販売しているか確認してみたが、そういうものは美術館では扱わないのだそうだ。残念。

その晩、家に持ち帰った展示目録を確認すると若山八十氏の名前が英語できちんと「Ｙａｓｏｕｊｉ　Ｗａｋａｙａｍａ」と記載されていた。

――フフフ。

どうやらこちらはちゃんと校正が入ったようだ。

（1）二〇一四年三月一日～五月二十五日「魅惑のニッポン木版画」横浜美術館
（2）横浜美術館学芸グループ（2014）『魅惑のニッポン木版画』横浜美術館、四九ページ。
（3）ポスター・サイズをイメージしていたが実際の判型は47.0×29.2cmだった。
（4）ガリ版（堀井謄写版）が販売開始されたのは一八九四年のことである。

（『埼玉県医師会誌』八二九号　二〇一九年四月）

忘れてならぬもの

僕は普段日記をつける習慣はないが、何年も前からノートを手元に置いて、思いついたことや興味を惹かれたこと、気になったことなどを書き留めるようにしている。使うのはモレスキン（Moleskine）の方眼入りのノートだ。モレスキンを選んだのは「ヘミングウェイも愛用した」というキャッチ・コピーにまんまと乗せられたからで、方眼入りにしているのは自分が乱筆だからである。縦横に罫がないとミミズが這うどころかミミズが腹痛でのたうち回っているような字になってしまうのだ。

メモを書き込むときは必ず日付を記載している。その方が後で探し出す時に便利なのだ。雑誌や本など、書籍から気になった部分を書き写すときはさらにページ数や段落まで分かるようにしている。古本の場合はそれが第何版であるかを記すこともある。

昨今はインターネットであらゆる情報が入手可能なのでそこまでしなくても良さそうに思える。だが、そもそもこのようなノートを始めたのは古雑誌で目にした内容を引用しようと思ったとき、どこに記載されているかが思い出せなかったことがきっかけとなっている。なので僕が書き留める内容は古本や古雑誌から拾い集めた情報や壁の落書き、路傍の石に刻まれた一文など、ネットで検索しても出てこないものがたくさんあるのだ。

知人の中にはスケジュール表を持たずにスケジュール管理が出来たり、メモを全く取らずに物事を詳しく覚えていたりする人がいて大変うらやましい。数年前の書類であっても、尋ねるとどこそこの棚の何段目にある左から何個目のファイルの後に入っているといわれ、半信半疑で探してみると本当にその通り見つかって驚かされることもある。しかもその棚は決して整理されているようには見えないのである。学生の頃、幾度も試験前にドラえもんの「アンキパン」を夢見たことのある身からすればとてつもない超能力だ。

『古事記』を編纂した稗田阿礼《ひえだのあれ》や江戸時代の盲目の国文学者、塙保己一《はなわほきいち》など、昔から記憶力の優れた人の話を聞くが、みんな一体どういう頭の構造をしているのだろうか。不思議でしょうがない。

平安時代に斎部広成が編纂した『古語拾遺』の序文に記載されているように、かつて我々はムラ単位で物事を記憶するという手段を持っていた。

――上古の世に、未だ文字有らざるときに、
貴賤老少、口口に相伝へ、前言往行、存して忘れず――

そしてこう続く。

――書契より以来、古《いにしえ》を談《かた》ることを好まず――

文字がまだない大昔、ムラビトは身分や年齢関係なく口々に語り合うことでお互いの記憶の誤りを修正しながら細部まで詳細に大切なことを忘れないようにしていた。

しかし「書契より以降」――文字を書くようになってから――記憶すべきことを語り合うことが減ってしまったのである。記録するようになり記憶する努力を怠るようになったのだ。

書き記したものがきちんとしているうちは問題ないのだが、それが失われてしまった場合は大変である。改めてムラビトの記憶から内容の再現を試みることになる。

ところが語り合いというチェック機構が働いていない状態でこれを行うので、誤った情報が修正されずに伝わったり、細かいニュアンスが伝えられなかったり、もはや情報の精度が大きく損なわれてしまっている可能性が多々あるのだ。

関東大震災の二ヶ月後に竹久夢二はこのような詩を発表している。

「残つたもの　――荒都懐古――」
　それは忘れてよいもの
　これは忘れてならぬもの
　それとこれとを
　二つの筥《はこ》にわけておいたのに
　一つは焼けて
　一つは残った
　焼けたのは
　それは忘れてならぬもの

（大正十二年『少年画報』十一月号）

天災人災関係なく、災害があれば有形無形失われるものはある。

僕が今まで書き留めたノートは現時点で五冊。一冊約一九〇ページ。全ページ書き込んでいるわけでもなく、毎日書いているわけでもないが、随分たまったものだ。そしてそれらは全て現役のデータベースとして機能しているのである。一冊でも失うということがあれば、それはすなわち僕にとってそこに相当する「記憶を失う」ことを意味するのだ。

そうならないためにはどうすべきか。

幸い今では複数のハードディスク上にデータを分散保存してデータの喪失と精度の劣化を予防するＲＡＩＤ《レイド》（Redundant Array of Inexpensive Disks）という技術がある。上古のムラビトの代わりにハードディスク同士が情報を「口口に相伝へ」、「存して忘れず」いてくれるのである。Google社を含め多くの業者が提供するクラウド・ストレージを利用すればＲＡＩＤの構築やシステム管理の煩わしさもない。データを移行するのは大変だが、忘れてならぬものはこうして複数の筥《はこ》にわけておくのが良さそうである。

（『埼玉県医師会誌』七七八号　二〇一五年一月）

ネモ地点に眠るもの

マイアミに住んでいた子供の頃、夏休みに一家揃って父の運転でI－95[1]を北上してケネディ宇宙センターのあるケープ・カナベラル（当時はまだケープ・ケネディと呼ばれていた）までロケットの打上げを見学しに行ったことがある。

ケープ・カナベラルのどの辺りだったか分からないが発射台から数マイル離れた砂浜に他の見物客と一緒に立ってカウントダウンを待つ。そこからロケットは見えなかったけど周りの大人たちが指差す方向をずっと眺めていると、しばらくして大きな煙がモクモクと立ち上がり、眩しい光が上昇するのが見えた。オオ～ッ！　あたりに歓声があがり、ドドドドッと腹に響く音が後からやってきたのが印象的だった。

そして帰りの道が混むからと、僕らは余韻に浸る間もなく車に戻り家路についたのである。僕は車の窓に顔をくっ付け、いつまでも上へ上へと登っていく煙を目で追った。

日付は一九七三年七月二十八日、ミッション名はスカイラブ三号。宇宙ステーション、スカイラブ[2]に宇宙飛行士三名を送り届けるのが目的である。スカイラブ計画における二度目の有人ミッションだ。

スカイラブ計画は合計三回の有人ミッションを行い、一九七四年二月以降は事実上デコミッション（運用廃止）され、予算はスペースシャトルの開発に回された。

——the sky is falling!——

（空が落ちてくる！）　十九世紀イギリスの寓話『Chicken Little』より

そして六年後。一九七九年の夏休みにスカイラブが落ちてくるというニュースが流れた。スカイラブの姿勢制御装置は軌道を修正するほどの推進力を備えていなかったため、徐々に地球の引力に手繰り寄せられ軌道を外れていたのである。

ＮＡＳＡはスカイラブ計画終了当時、いずれ開発中のスペースシャトルで軌道を修正して再利用する予定でいたそうだ。ところが太陽黒点の影響でスカイラブの落下が予定よりも早まり、スペースシャトル実用化の遅れと相まってこの計画は断念せざるを得なかったのである。

七月に入ると近所の友達と会うたびにスカイラブの話題で持ちきりになった。なにしろ約八〇トンの金属の塊が空から落ちてくるのである。どこに落ちるのか、何が起きるのか、興味と期待でワクワクしっぱなしだった。

一九七九年七月十一日。スカイラブは大気圏に再突入し、炎をあげながらバラバラになって地球に落下した。NASAは地上の被害を少なくするため、事前にスカイラブの姿勢制御装置を数分噴射し、大気に侵入する時の角度を調整していたそうだ。計算では、それによって燃え残ったスカイラブのデブリ（残骸）の大半が人気のないインド洋に落下するはずだった。ところが実際には予想していたよりも低い高度で機体が分解したため、その一部は墜落目標のインド洋を大きく外れ、オーストラリアの南西部にあるエスペランス郡にまで到達してしまったそうだ。

幸い人的被害はなかったがエスペランスの住民たちからすればまさに青天の霹靂である。海に落ちるはずの宇宙のゴミが自分たちの庭先にばら撒かれてしまったのだ。当時のアメリカ大統領、ジミー・カーターが謝罪したがエスペランス郡は面白半分、ゴミを不法投棄したNASAに対して四〇〇ドルの罰金を請求したのである。(3)

― what goes up must come down ―
（上がれば下がる）

十九世紀からある英語の慣用句

重力があれば投げ上げたものはいずれ落ちてくる。
人類が宇宙に向かって様々なものを打上げるようになって、地上で造られた宇宙のゴミが現在、年間二〇〇から四〇〇個ほど地表に降り注いでいるそうだ。大半はネジや金属片など小さなもので、地表に届く前に燃え尽きてしまうので被害に遭うことはほとんどないとされている。

実はこの原稿を書いている二〇一八年の二月現在、あまり話題になっていないようだが中国初の宇宙ステーションと呼ばれている「天宮《てんぐう》一号」が今年の二月から四月の間に落下するそうである。二〇一一年に打上げたもので二〇一六年三月以降は制御不能となっているようだ。総重量約八・五トン。再突入すれば最大一〇〇キログラムの塊が地表に達する可能性があると予想されている。……大丈夫なのだろうか。
統計学的にこのようなデブリが地上の人にあたる確率は一兆分の一だそうだ。雷にあたる確率が一四〇万分の一なので安心しても良さそうだが、どうなんだろう。

実際こういうものがどこに落ちるか、もしくはどこに落とすかは重要な問題である。制御不能となってしまったものはどうにもならないが、通常は被害をもたらす可能性が少ない場所へ誘導するそうだ。

そしてそのような場所が南緯四八・四九度、西経一二三・四五度に存在する。南太平洋上で、最寄りの陸地（島）から一六〇〇キロメートル、最寄りの居住地からは二七〇〇キロメートル離れている地点だ。ヴェルヌの小説『海底二万里』の中で「二度と陸地を踏まない」と誓ったネモ船長にもじって通称「ネモ地点」（Point Nemo）と呼ばれる場所である。

正式名称は太平洋到着至難点（oceanic point of inaccessibility）。打上げの時に切り離したブースター（補助ロケット）や軌道を離れた人工衛星などのデブリをそこに向けて落としても人に被害をもたらす可能性は皆無に近い。

しかし安全な場所とはいえそこに捨てているのはゴミである。国家レベルの不法投棄と叩けばどの国の誰であろうとまともに反論できるはずはない。宇宙開発における必要悪だと思うがなんとかならぬものか。

幻想文学が好きな方ならネモ地点が偶然にもH・P・ラブクラフトの「クトゥルフ神話」の中で邪神クトゥルフ（Cthulhu）が封印されている都市、ルルイエ（R'lyeh）が沈んでいる海域――神話によると南緯四七・九度、西経一二六・四三度の海底にあるとされる――に存在することに気付くであろう。

クトゥルフはいずれ目を覚まし、地上に狂気と混沌をもたらすと言われる恐怖の邪神である。このままこの海域に人々がゴミを捨て続けるとクトゥルフの逆鱗に触れるのではないだろうか。

――Don't Panic!――

（パニクるな！）

『銀河ヒッチハイク・ガイド』より(4)

日本時間で今年の二月七日の朝、ケープ・カナベラルからイーロン・マスク率いるスペースX社が開発した大型ロケットのファルコンヘビーが打ち上げられた。

民間開発にも関わらず現行で世界最大の打ち上げ能力を誇り、コストパフォーマンスがすこぶる良いのが大きな特徴である。それまで最大とされていたNASAのデルタⅣヘビー・ロケットと比較すると半分以下の費用で約二倍の打ち上げ能力を実現しているそうだ。

また、二段式ロケットであるファルコンヘビーの一段目は一基のセンター・コアを二基のサイド・ブースターが挟む形態をしており、それぞれを回収して再利用できる仕組みになっている。

　今回の打上げのあと、上空で切り離された二本のサイド・ブースターが約三分後に逆噴射をしながら自動制御で姿勢を整え、ゆっくりと空軍ステーションの発射台に二本がほぼ同時に着陸する様子を目にして大きな感動を覚えた。

　将来このような打上げが標準になればネモ地点がゴミだらけにならずに済みそうである。ルルイエのクトゥルフの安らかな眠りを妨げないよう、宇宙開発を行う各国には是非検討していただきたいものだ。


― Ph'nglui mglw'nafh Cthulhu R'lyeh wgah'nagl fhtagn ―

（ルルイエの館にて、死せるクトゥルフは夢を見て待っている）

『クトゥルフの呼び声』より

（補足）天宮一号は結局二〇一八年の四月二日にネモ地点に墜落したことが確認された。

（1）I－95（Interstate 95）：通称アイ・ナインティファイブ。アメリカ東部の南北をつなぐ州間高速道路。

（2）スカイラブ（Skylab）：アメリカが一九七三年五月十四日に打上げ、地球周回軌道に乗せた宇宙実験施設。

（3）この罰金は二〇〇九年にカルフォルニアのラジオ番組が視聴者から寄付を募ってNASAの代理としてエスペランス郡に支払われている。

（4）ファルコンヘビーが打上げた真っ赤なテスラ・ロードスターのコンソールに表示されているフレーズ。

（『埼玉県医師会誌』八一七号　二〇一八年四月）

レンズ豆以前にレンズなし

ある書籍を読んでいて「こけら落とし」の「こけら」に使用する漢字が「柿」でないという記述を目にして衝撃を受けた。一見同じように見えるが「柿」ではなく、正しくは「杮」と書くのだそうだ。

……とこのように書き出してみたものの、本稿が会誌に掲載される時の文字の大きさ——13Q（約9pt）——を考えると何を伝えたいのか、文字通り見えてこないかもしれない。棟方志功の如く誌面に顔を思いっきり近づけるか、ハズキルーペなどの拡大鏡を使わない限り「柿《かき》」と「杮《こけら》」、この二文字の違いを認識するのは容易《たやす》くないのだ。

あらためてそれぞれを拡大して旁《つくり》の部分を見ると、「かき」は「亠」のしたに「巾」。「こけら」は「一」と「冂」を上下に「丨」が貫いた形だということが判る。

なるほど。だがこの微妙な違いを知って、また新たな疑問が湧いてきた。

――これは校正で拾えるものなのだろうか？　はたまた校正する必要性があるのだろうか？

▽　▽

柿　杮

旁が異なる左の「かき」と右の「こけら」

ビラや題字に使用する時はともかく、本文で使用する級数（文字の大きさ）ではこの微妙な違いを認識するのは難しいと思われる。そう考えると活版印刷が主流の時代は級数が小さい場合、手間を惜しんであえて活字の使い分けを行わなかった可能性はないだろうか。気になるところである。

いずれ機会があれば「こけら」という表現を使っていそうな作家――岡本綺堂や戸板康二など――の古本を探し出してそのあたりを確認してみようかと思う。

ワープロやＤＴＰソフトではどうだろうか。調べてみるとパソコンで使う頻度の多い書体（フォント）の中には「こけら」に対応する漢字を用意していないものもあるようだ。

その理由を調べたところＪＩＳ規格が関係していることがわかった。ＪＩＳ漢字コードを制定する際、過去の文献で両者を明確に区別していなかったことを理由に「柿（かき）」が両者を包摂するものとしたのだ。

だが前述したように便宜上の理由で両者がかつて使い分けされていなかったとしたら過去の文献を基準に方針を決めるのは間違っていることになる。あらためて漢字の由来や旁の意味を考えるとやはりこの二つはきちんと使い分けすべきではないだろうか。

歌舞伎や寄席、大相撲の看板などでよく目にする文字は「芝居文字」もしくは「勘亭流」と呼ばれる書体で書かれている。ところが皮肉なことにＪＩＳ規格の解釈のせいで芝居文字や勘亭流を元に作製《デザイン》されたフォントの中には「こけらおとし」と入力しても正しく変換できないものもあるのだ。ポスターなど大文字で印刷物を製作する際にはごまかしが効かないので注意しなければいけない。

大正時代や昭和初期の古書を蒐集していると、たまに文中に変わった記号や見慣れない漢字の使い方を目にすることがある。中には誤字・誤植の類かと思いつつ、念のため辞書で確認すると意外な事実が判明して驚かされる場合もある。

そのようなもののうち、僕が今までで一番びっくりしたのが「着」だ。

我々は普段この漢字を当たり前のように使っているが、昔はきちんとした文章で使われることはなかったのである。なぜならば「着」というのは実は俗字で、通常はその正字である「著」が使われていたからだ。

資料によると「著」と「着」の使い分けは江戸時代から行われるようになったとある。だが森鴎外や徳田秋声の小説の中で「服を著《き》る」という表記を認めることから、おそらく大正時代になっても「着」が俗字だという認識が残っていたのであろう。

普段何気なく使っている表現がある時期以前には存在しなかった——決して不思議なことではないが、それでもそうだと知って思わず「へぇ～」と漏らしてしまうことがたまにある。

身近なものでは「創部洗浄」や「膀胱洗浄」の「洗浄」がそうだ。戦前は「洗滌」と表記され、「そそぎ洗う」という意味で使われていた。

戦後、当用漢字が制定され「滌」が使えなくなった際、読みが同じで似たような意味を持っているという理由で「洗滌」の替わりに「洗浄」という表現を用いるようになったのである。こちらは本来「(心を)洗いきよめる」という意味の仏教用語だ。

「読みが同じ」とあるが、「洗滌」は本来「せんでき」と読むのが正しく、「せんじょう」とは読まない。「滌」の旁の部分が「條（条）」なので広く誤読されてきたのである。そして誤読されたまま、とうとう本来の読みと違う仏教用語がそれを包摂することになってしまったのだ。

ところで仏教は「大乗仏教」と「小乗仏教」と二つに分類されることがある。大乗とは「摩訶衍《マハーヤーナ》」を訳したもので悟りに向かう大きな乗り物のことを示す。他者救済――みんなと一緒に悟りをひらくこと――を重視する考え方だ。しかし仏教における悟りは本来、個人が修行に励んで一人で到達するものである。そしてそれは「大乗」の対極にあることからのちに「小乗」という表現が新しく生まれ、蔑み気味に用いられたのだ。

このように後から登場したものの名称が先にあるものの名称を変化させてしまうことを英語でレトロニム（retronym）、日本語では「再命名」と呼ぶ。「アコースティック・ギター」（アコギ）や「固定電話」もよく耳にする再命名である。

「大乗以前に小乗なし」、「エレキ以前にアコギなし」、「携帯電話以前に固定電話なし」。探してみると再命名は案外多い。

冒頭の拡大鏡に関連する話だが、アメリカに住んでいた中学生のころ、英文学の授業中に先生がクラスに語ったトリビアが衝撃的で今でも記憶に残っている。

拡大鏡で用いる凸レンズ。この「レンズ」という名称の語源はラテン語の「lens」だが、その本来の意味はレンズ豆（lentil）である――すなわち中心部が緩やかに突出した小さな円盤状の形がレンズ豆に似ているので「レンズ」と呼ぶようになったというのだ。

僕らはずっとその逆だと思い込んでいたので衝撃を受け、大騒ぎをしたのをおぼえている。

「レンズ豆以前にレンズなし」

――知ってびっくり、知的好奇心を刺激する言葉はまだまだ転がっていそうだ。

（『埼玉県医師会誌』八三二号　二〇一九年七月）

意図的な誤字

外来初診、七十代後半の女性。

受付で記入してもらった問診票には「ふらつき・めまい」とある。

既往症の欄を見ると数年前に脳梗塞を患ったそうだ。

――なるほど、それでか。

思わず納得した。カルテに入力された名前の読みは「××× マサミ[1]」とあるが、ご本人が問診票に書いた名前は一部判読できなかったのである。「×××」の部分はともかく「マサミ」に相当する箇所が乱筆だとしても不可解なくらいクネクネ乱れているのだ。おそらく脳梗塞の後遺症で指先が思うように動かせず、書字機能に影響が出ているのであろう。

……もしや「ふらつき・めまい」は脳梗塞の再発だろうか。そんなことを懸念しながらマイクで患者さんを診察室に呼び入れたところ、思いのほか元気な方が入ってきた。

話を伺うとふらつきとめまいは数日前にバス旅行の最中に一瞬だけ自覚した症状でもう苦労はしていないとのことであった。ただ、知り合いにその話をしたら怖い病気もあるから診てもらった方が良いとおどされ受診することになったのだという。数年前の脳梗塞による後遺症はなく、麻痺はもちろん書字機能も障害されていないとのことであった。

字の乱れた問診票について尋ねると「あー、名前のことですか」と早々に合点された。そしてクスクス笑いながらそれは変体仮名と呼ばれるものだと教えてくれた。

「最初から読める人はほとんどいないですよ……若い人はまず無理ですね」

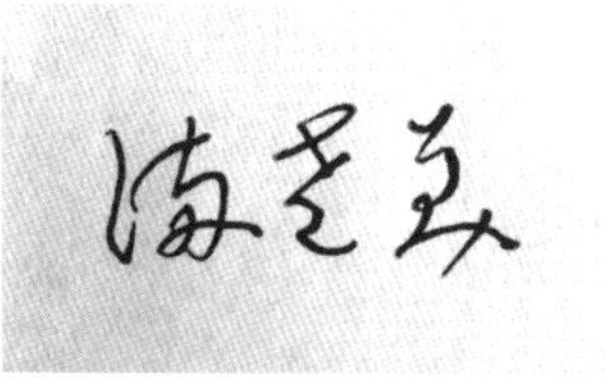

変体仮名で書かれた名前

渡辺の「辺」や斎藤の「斎」。名前に使われる漢字の中には標準と異なる字体が使われるケースをしばしば見かける。これらは「異体字」と総称され、時にはひとつの漢字に対していくつものバリエーションが存在することも良く知られている。そして仮名にも標準と異なる字体がいくつか存在し、「変体仮名」として今でも蕎麦屋さんや鰻屋さんの看板や人名にも使われているのだ。

これをきっかけに異体字や変体仮名のことを色々調べていたら、今度はさらに「幽霊文字」と総称される漢字の存在が判明した。

「幽霊文字」はコンピューターなどで日本語入力する時に使用するＪＩＳ（日本工業規格）漢字表の中に登録されている、出典がはっきりしない音義不詳の漢字群のことをさす。

しかし、音（読み）も義（意味）も不詳とはだいぶ奇妙な話だ。

どうやら一九七八年にＪＩＳ漢字を選定する際、原典から誤って写された字体が削除・訂正されぬまま登録されてしまったのが幽霊文字が生まれるきっかけとなったようである。つまり探せば似たような字体の文字は存在するのだが一九七八年以前には存在しなかった使い道のない漢字モドキなのだ。

例えば「山」と「一」と「女」を重ねた形の「㞑」という幽霊文字は「山女《あけび》」の合字である「㞑《あけび》」という漢字を転記する際に「山」と「女」の間にあったインキの汚れやページの折り目を誤写してしまったのではないかと推測されている。

幽霊文字はＪＩＳ漢字表に存在するので文字変換で呼び出せなくても工夫すればこのようにワープロソフトで表示することは可能だ。しかし「幽霊」と呼ばれる通り、そのほとんどは陽の目を見ることなく漢字表の中に人知れず存在し続けるのである。

幽霊文字に関連して気になる題名の論文がひとつ目に入った。

『言語処理学会　第三回年次大会　発表論文集（一九九七年三月）』に掲載された国立国語研究所と名古屋大学の共同研究報告で「朝日新聞における辞書非掲載漢字の出現状況」という論文だ。「一九九三年度版朝日新聞記事全文データベース」を用いて記事の中に辞書に掲載されていない使用頻度の少ない異体字と国字や幽霊文字の発現頻度と傾向を調べた研究である。

――辞書非掲載漢字と朝日新聞か……フフフ。

題名を見て思わず口元が緩んだ。

朝日新聞社はまさに自身の紙面の題字に辞書非掲載漢字を使用しているではないか。題字の「新」という漢字の左の部分を見ると「立」の下に「木」ではなく「未」となっている。こんな漢字は辞書にない。

朝日新聞の題字

過去にはこれは誤字ではないかと読者から問い合わせの投稿も幾度かあったそうだ。

朝日新聞社の説明によると、この題字は七世紀の中国で活躍した書道家の欧陽詢《おうようじゅん》が記した『宗聖観記《そうせいかんき》』の字体を元にデザインされているのだそうだ。ただし『宗聖観記』には「新」に相当する漢字がなかったため、「親」と「析」の漢字の部首を参考に合成したものが使用されたのだそうだ。

辞書に掲載されていないという意味では誤字に違いないが、それはデザインを考慮した意図的な誤字なのである。

意図的な誤字は案外いろんなところで使用されている。

京都にある本能寺は有名な例である。創建以来、幾度も焼失・再建を経験してきた本能寺は旧跡地にある石碑や現在の山門と石碑、ウェブサイトなどで使用されている「能」の字は「ヒ」（火）が重なるのを嫌って右側の部分が「去」に似た形をしている。(2)

本能寺のウェブサイトより

より身近なものではＪＲも社名に意図的な誤字を使用している。

ＪＲの正式名称は「日本旅客鉄道株式会社」である。そしてグループ会社七社のうちＪＲ四国を除く六社が名称に含まれる「鉄」の字を「金」偏に「矢」の「鉄」――読みは「シ」、意味は「やじり」――という漢字で代用しているのである。

旧国鉄から民営化する時に「金を失わないように」と験を担いだのだとされている。(3)

JR 各社の正式名称。JR 四国以外「鉄」の代わりに「鉃」を用いている。

朝日新聞の題字の場合はデザインだと言い切って良いと思うが、本能寺やＪＲのように験担ぎで敢えて誤字を使っているのはどうだろう。験を担いで正字に含まれたネガティブな部分を取り除いたことから「祓《はらい》文字」とか「験担《げんかつぎ》文字」と総称しても良いのではないだろうか。意図的な誤字——今後も探索したいと思う。

（1）個人情報保護のため、本稿では筆者が創作した名前を使用している。
（2）四、五世紀頃の中国の石碑に使われている「能」の古い異体字だそうだ。
（3）近鉄（近畿日本鉄道）も同様の理由でかつて「鉄」の代わりに「鉄」を使用していた。
なおＪＲ四国だけが正字を使用している理由は不明である。

（『埼玉県医師会誌』八一〇号　二〇一八年七月）

ツイスティ・パズル

二〇一四年五月十九日、Google社はルービック・キューブ生誕四十周年を記念して検索トップページにブラウザ上で実際に動かして遊べるルービック・キューブを表示させた。

マウスやキーボードで操作するので最初は戸惑うが、慣れるとサクサク動かせるようになる。そしてパズルを完成させると画面が変わり、完成までの手数と時間が表示されるのだ。

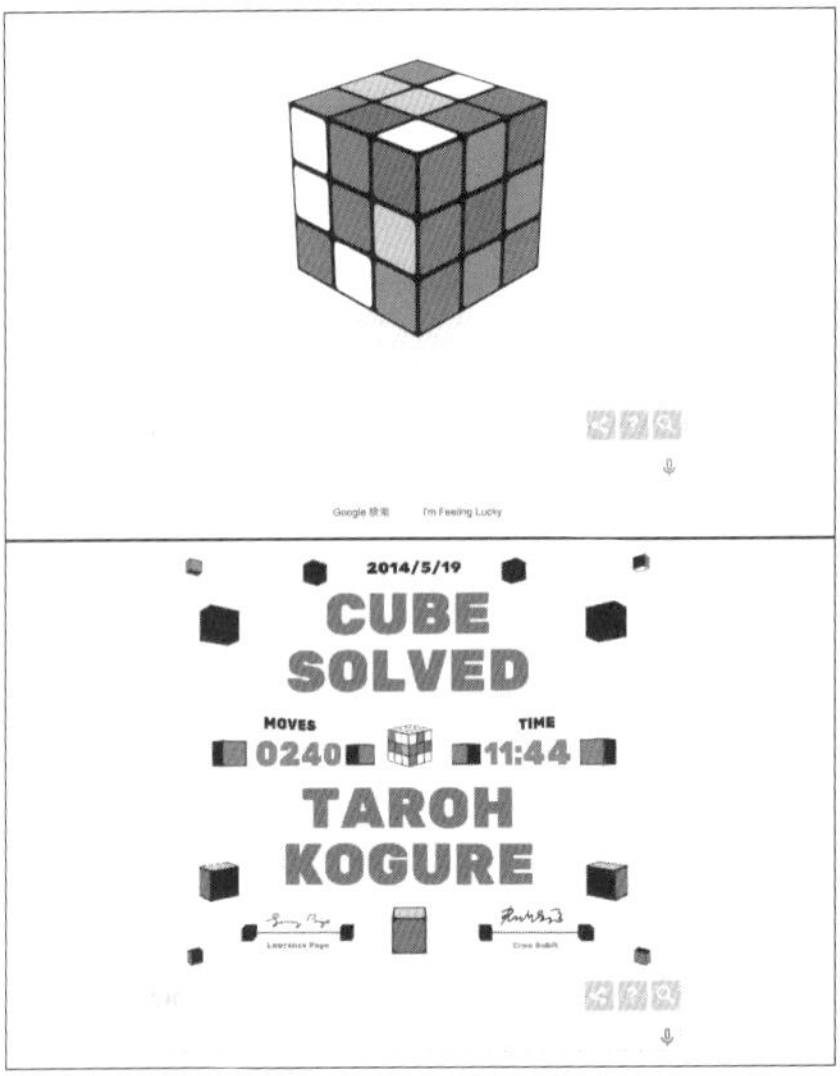

ブラウザ上で遊べるルービック・キューブ

ルービック・キューブはハンガリーの大学で教鞭を取っていた建築家のエルノ・ルービック博士が教材の一つとして一九七四年に考案した立体模型である。パズル的な要素が非常に高く、当初は「マジック・キューブ」という商標でハンガリーのおもちゃメーカーから売り出された。その後一九八〇年に「ルービック・キューブ」と商標をあらため、米国のメーカーが発売を開始すると瞬く間にヒット商品となったのである。そしてこれをきっかけにツイスティ・パズル（twisty puzzle）という新しいジャンルが確立され、世界中にそれを趣味とする人々が登場したのだ。

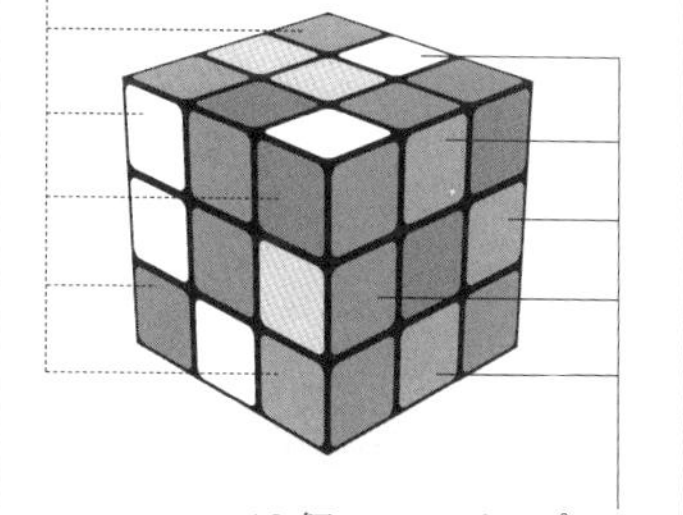

ツイスティ・パズルとはパズルの部品を回転軸にそってツイスト（twist：捻る・回転）することによって配置を並べ替え、バラバラになった図柄を元に戻すことを目的としたパズルの総称である。例えばルービック・キューブは六つの回転軸（センター・ピース）を中心に八個のコーナー・ピース（角を構成する部品）と十二個のエッジ・ピース（辺を構成する部品）を回転させる種類の（3×3×3）のキューブ（正立方体）型ツイスティ・パズルである。

形状も様々なツイスティ・パズル

キューブ型ツイスティ・パズル

キューブ型のツイスティ・パズルにはルービック・キューブのような3×3以外にも2×2、4×4、5×5、そしてさらに数の多いものもある。市販のものでは13×13が最大である（二〇一四年九月時点）(1)。

キューブ型以外ではタワー型（立方体もしくはキュボイド型）、ピラミッド型、多面体、球体、さらには出っ張りのある異形な物など様々な形状があり、回転軸の向きと数も多種多様である。

知恵の輪、ジグソー・パズル、組木パズルやキャスト・パズルの他、ナンクロや数独など、いわゆる「知能パズル」と呼ばれるものは数多ある。しかしツイスティ・パズルがそれらと特徴的に異なるのは、解法がひとつではないということである。何しろ部品が取りうる組み合わせとそれを元に戻す手順はいくらでもあるのだ。

例えば代表的なルービック・キューブの場合、部品が取りうる組み合わせはパズルそのものを分解した場合を含めると約519×10^18通りあるそうだ。バラバラにすれば再び新しいパズルとして何度でも挑戦できるのである。一回解いたら終わりということはないのだ。

しかもツイスティ・パズルの楽しみ方は単に与えられたパズルを解くということだけにとどまらない。パズルが解けるようになると、より難度の高い挑戦を追い求めたり、解くこと以外の楽しみ方を探ったりするのがパズル愛好家なのだ。

中には片手で解いたり、足で解いたり、目隠しで解いたりと、自ら身体的制限を加えながらパズルを解く時間を競う愛好家もいる。まるで手品やサーカスだ。

ツイスティ・パズルの愛好家はおおまかに四つに分類することが可能である。

一、スピード・キューバー（speed cuber）
一、パズル・モッダー（puzzle modder）
一、パズル・ビルダー（puzzle builder）
一、パズル・コレクター（puzzle collector）

もちろんそれぞれが独立して存在しているわけではない。中には全ての分類に属す愛好家も存在する。

スピード・キューバー　（speed cuber）

通称キューバー（cuber）。

短時間でパズルを完成させることを目指して技術を切磋琢磨する愛好家たち。

ルービック・キューブ愛好家と聞いて、世間一般の方々が連想するのがこのスピード・キューバーのことであろう。

世界キューブ協会（World Cube Association）という団体が世界中で公式競技会を定期的に企画し開催している。競技会の結果は公式ホームページに掲載され、参加者の世界ランキングもそこで確認することが可能だ。通常のスピード競技以外にも、前述した片手や目隠しで解く競技や足で解く競技も用意されている。(2)

二〇一四年七月現在、ルービック・キューブでの世界記録は昨年三月の競技会で公認された5・55秒だ。(3) 数年前までは日本人が世界記録を保持していたこともある。

パズル・モッダー　(puzzle modder)

既存のパズルを改造してその難度を上げる愛好家。

本来はパズルを改造──モディファイ（modify）──する人（~er）でパズル・モディファイアー（modifier）となるべきだが、趣味の世界ではmodifyを略してモッド（mod）とすることからパズル・モッダーと称される。

改造の方法は大きく分けてステッカー・モッドとシェイプ・モッドがある。

ステッカー・モッド　(sticker mod)

標準の六色ステッカー（シール）を図柄のあるものに張り替えるシンプルな改造方法。

解く時に図柄の方向も合わせなければいけない手間が増えるので、簡単に難度をあげることができる。

ステッカー・モッドは柄も揃えなければいけない

――バンデジング　(bandaging)

ステッカー・モッドから派生した改造方法。文字通り、絆創膏《バンデージ》（bandage）など粘着テープで隣り合う部品を繋ぎ合わせるというものである。単純ではあるが自由に動ける部品の数が減り、全体的に可動範囲が制限されるので解く時の難度が増す。

――メカニカル・バンデジング　(mechanical bandaging)

これは次に述べるシェイプ・モッドの要素を含むものだが、内部の軸や部品に手を加えて機械的（mechanical）に部品の動きを制限する（bandaging）改造方法だ。

部品が回転できる方向や回転範囲が制限されたり、一定条件で動かなくなったり、様々なバリエーションがある。

隣り合う部品をテープで繋げ合わせるバンデジング

矢印の方向にしか回転しない市販のラッチ・キューブ

シェイプ・モッド　(shape mod)

プラモデル製作のようにプラ鋸やヤスリ、プラ板、接着剤やパテなどを使ってパズルの形状《シェイプ》(shape)に手を加える改造。バンデジングと同様に可動範囲に制限が加わったり、視覚的情報に惑わされたりするので簡単なパズルでも難解なものに変身してしまう。シェイプ・モッドの技術に長けている愛好家は意外と多い。中には職人的な腕前の方もいて、お願いすれば有償で制作を請け負ってくれることもある。

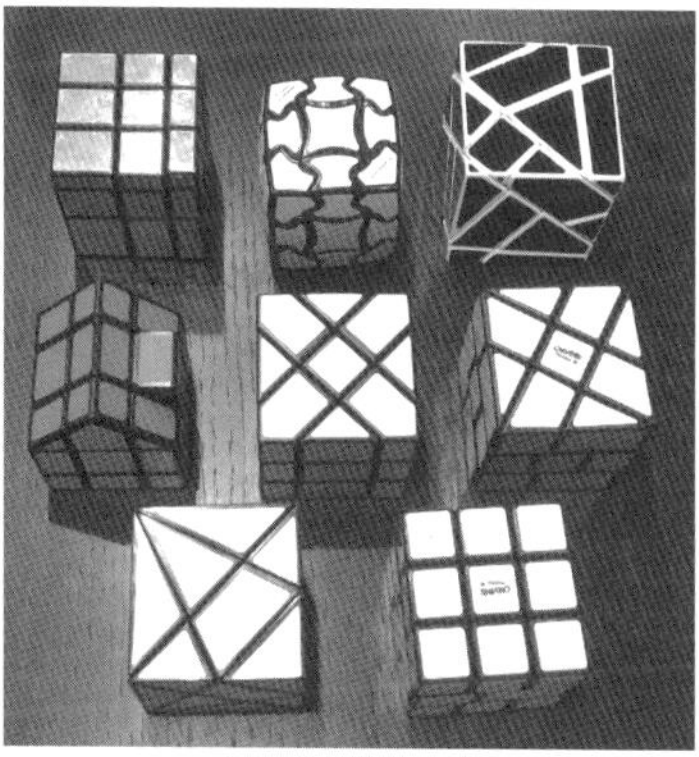

3×3キューブ・パズルのシェイプ・モッドあれこれ。惑わされるが解き方はルービック・キューブと変わらない。

筆者が手掛けたシェイプ・モッド。左上から右下へ：5×5キューブをパテで肉付けした後、円筒形に研磨し、黒く染めてから自作したシールを貼付。

パズル・ビルダー（puzzle builder）

パズルそのものを設計してしまう愛好家。

彼らの作品は量産されない物がほとんどなので入手するためには努力を要す。作者に直接お願いして完成品を譲ってもらうこともあるが、通常は３Ｄプリンターで製作した部品を購入して自分で組み立てるのである。説明書はないため、組み立て作業そのものも立体パズルを解いているような状況となり、楽しむことが可能だ。

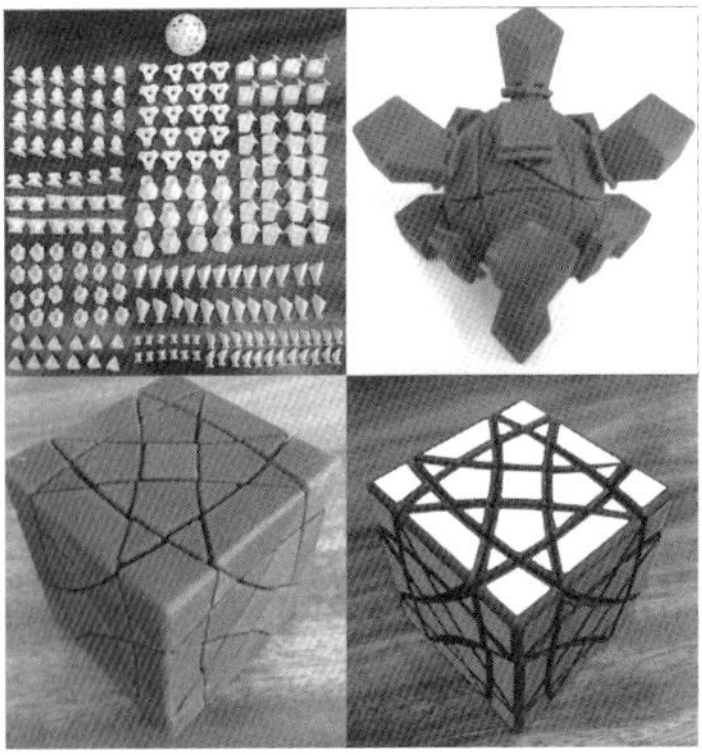

左上から右下へ：3D プリンターで制作した部品を購入して送ってもらい、それを自分で組み立て、シールを貼って完成させる。

パズル・ビルダーたちに依頼して入手した部品から組み上げたツイスティ・パズル。後に量産されたものもある。

パズル・コレクター（puzzle collector）

ツイスティ・パズル愛好家の多くは同時にパズル・コレクターでもある。

その理由は簡単でパズルの新作はちょくちょく量産されるものの、いつまでも入手可能とは限らないからだ。面白そうなパズルを見つけたらとりあえず購入しておかないと、いざ挑戦したいと思った時にはすでに入手不能ということがあり得るのである。すぐに手掛ける予定がなくても購入しておく──「積ん読」ならぬ「積ん解く」だ。

はたから見れば立派なパズル・コレクターである。


世界中にいる同好の知人たちと話すと、家人と趣味のことでトラブルになるのは収納スペースの問題が一番多いようである。

蒐集する側は戦利品を展示したい。でも興味のない家族はさっさと処分するか箱に詰めて片付けて欲しいと思っているのだ。よくある話である。

どんな趣味でも度が過ぎると家族のみならず友人、知人からも変人扱いされてしまう……。

でもそれを分かっていてもノッている時に自らを律することができないのが愛好家なのだ。

ルービック博士は四十年前、我々に最高のパズルを与えるとともに大変悩ましい世界の扉を開放してまったのである。

（1）二〇二〇年一月現在、市販最大は17×17である。量販されていない物ではオランダのパズル・ビルダー、Oskar van Deventerが設計した25×25が最大である。
（2）二〇一九年十二月三日、足で解く「Feet」競技は公式競技から外されることが決定した。
（3）現在の世界記録は二〇一八年十一月二十三日に記録された3・47秒である。

（『埼玉県医師会誌』七七四号　二〇一四年九月）

よりによって ― 悲劇と喜劇

かかりつけの男性が夏場にも関わらずマスクをして診察室に入ってきた。

額から汗が吹き出ている。

「風邪ですか？」

「いやぁ、歯を欠いてしまいましてねぇ」

マスクを外すと上唇の左側が少し腫れて青くなっていた。

「どうしたんですか？」

「この前、検査でコレステロールが高くて脂肪肝と言ってたじゃないですか」

「ええ」

「秋のね、会社の健診までに数値を良くしておこうと思ってね運動を始めたんですよ……

嫁さんと近所のスポーツクラブに加入してね」

「なるほど」

「――で、ランニングマシンを使ったらコケてこれですよ」

腫れた唇をめくると左の前歯がなくなって右の前歯の先端が欠けていた。

「ひゃあ……かなり派手にいっちゃいましたねぇ」

よく見ると上唇の内側も数針縫合してあった。

「――他はどこか痛めませんでした？」

「……心と財布かな」

「ふふ。まぁ、凹みますよね」

「よりによって健康のために始めたことで体を壊すんだから世話ないですよ」


――Isn't it ironic… don't you think?　（皮肉なものよね……そう思わない？）

ふいにカナダのシンガーソングライター、アラニス・モリセットの「アイロニック」(1)という曲の歌詞が思い浮かんだ。そしてジェームズ・F・フィックス（James F. Fixx）というアメリカ人のことも同時に思い出していた。

フィックスは高ＩＱ団体のメンサ(2)に所属していたニューヨーク出身のパズル作家である。

数理パズルに関する本を数冊出しており、サム・ロイドやマーチン・ガードナー、ドクター・クリプトン等(3)と同様にその頃のパズル愛好家たちによく知られた名前だった。
しかし彼は当時、実はパズルとは全く関係のない分野で世界的に有名になったのである。

フィックスの数理パズルの本

フィックスはかつて毎日タバコを二箱消費してしまうほどのヘビースモーカーで、運動を全くせず暴飲暴食を繰り返し、三十歳を超えたころには体重が一〇〇キロ以上あったそうだ。それが三十五歳になった一九六七年――何がきっかけになったかわからないが――タバコを突然やめて毎日十数キロ走るようになったのである。そして生活習慣を改めて十年後、体重を七〇キロまで落とすことに成功したのだ。

――健康と長寿のために人々はジョギングをすべきである。

彼は経験をもとにそう唱え、ジム・フィックス（Jim Fixx）というペンネームを用いて一九七七年に『The Complete Book of Running』（『奇蹟のランニング』）を出版したのだ。

これはのちに世界的ベストセラーとなり、ジョギング・ブームが到来した。そしてフィックスは「ジョギングの神様」と呼ばれるようになったのである。

不幸にもフィックスは一九八四年に走っている最中に急性心筋梗塞を発症して倒れ、そのまま帰らぬ人となってしまった――享年五十二歳。よりによって「ジョギングの神様」がジョギング中に亡くなってしまったのである。悲劇という他ない(4)。

この手の話は不幸な顛末となるものが多いが、たまに良い話に遭遇することもある。二〇一六年五月二十七日、ガーディアン紙に掲載されたアメリカの老人ホームで起きた事件を報じた記事がそうだった。

五月二十三日の夕方、オハイオ州シンシナティ市のとある有料老人ホームの食堂で入居者の八十七歳の女性が夕食に出されたお肉を喉に詰まらせ、苦しみだしたのである。すぐ隣のテーブルで食事をしていた九十六歳の男性がいち早くその異変に気付き、速やかに彼女のもとへ向かった。彼は女性の背後へ回り、うしろから腕を前に回して彼女のおへその少し上あたりで手を組んだ。そしてそれを引き上げるようにして女性の上腹部を数回、勢いをつけて圧迫したのである。すると彼女の喉に詰まっていた肉片がカポッと吐き出され、女性は九死に一生を得たのだ。

男性が行ったのは胸部突き上げ法――通称ハイムリック法（Heimlich Maneuver）――と呼ばれるもので、気道内に詰まった外因性の異物を除去するための緊急手技である。そして今回それを行った九十六歳の男性こそがそれを考案した元胸部外科医のヘンリー・ハイムリック博士本人だったのである。女性はよりによって一番助かる可能性の高い場所で喉を詰まらせたのだ。何という幸運であろう。

ハイムリック博士はその後のインタビューで、今まで多くの人々にハイムリック法の有効性を説いてきたが、自分自身が実際に救命目的で行ったのはこの時が初めてだったと語っている。そして「上手くいって良かった……」と漏らしたそうだ。もちろんアメリカン・ジョークだと思うがお茶目なものである。

元気に回復した女性とハイムリック博士が同じテーブルで談笑しながら食事をしている写真が後日掲載されたが、その様子がなんとも微笑ましかった。

物を失う――喪失の感覚とそれに付随する感情は本能に近い反応なので、個々の生活背景や所属文化に関係なく誰もが共感することが可能である。すなわち「tragedy（悲劇）」は「comedy（喜劇）」より広く理解され、印象に残りやすい。

世の中には予想ができない結末に遭遇する可能性はいくらでもある。つい不幸なエピソードに目が行きがちだが、ハッピー・エンディングとなる物語も必ず存在するはずだ。

令和二年――西暦二〇二〇年。新しい年を迎え、予想もしていない愉しい結末となるエピソードをこれから数多く見聞きできることを期待してやまない。

――everything's gonna be fine, fine, fine.[5]（大丈夫、大丈夫、すべてはうまくいくさ）

（1）「Ironic」はアラニス・モリセットの一九九五年のアルバム『*Jagged little pill*』に収録された大ヒット曲。
（2）メンサはイギリスに本部を置く知能指数上位2％の人たちが参加できる国際団体。
（3）サム・ロイド（Sam Loyd）は十九世紀後半から二十世紀前半に活躍した著作の多いパズル作家。マーチン・ガードナー（Martin Gardner）は『*Scientific American*』誌に「Mathematical Games」という記事を連載していた数学者。ドクター・クリプトン（Dr. Crypton）――本名ポール・ホフマン（Paul Hoffman）――は『*Science Digest*』誌に人気連載記事を持っていた数学者。

（4）その後ジョギングよりも心臓に負担が少ないという考えのもとにウォーキング・ブームが始まった。

（5）アラニス・モリセットの『*Jagged little pill*』に収録された「Hand in my pocket」より。

（『埼玉県医師会誌』八三八号　二〇二〇年一月）

暦のズレ

「セプテンバー（September）の『Sept』って数字の七のことでしょ」
「あぁ、だよな」
「で、オクトーバー（October）の『Octo』は八だよね」
「うん」
「じゃあさ、何でその二つ、九番目と十番目の月なの」
「……えーっ、わかんねぇなぁ」

──ホホウ。なかなかいい質問だ。
数年前に連休を利用して西海岸に行った時のことである。コンビニでレジに並んでいたら隣の列にいる少年達の会話が耳に入った。中学生くらいだろうか。

耳をそばだてながら、むかし中学一年生の頃に受けた西洋史の授業を思い出した。先生は立派なあご髭を蓄え、グリズリー熊のように大柄なダウ先生。ローマ史のところでジュリアス・シーザーとその息子のオクタウィアヌス（初代ローマ皇帝でアウグストゥス――「尊厳ある者」――の敬称で呼ばれていた）について触れたのち、暦にある〈July〉と〈August〉はその二人にちなんでつけられたと話していた。そしてその二人の名前を挿入したため、それまで七月と八月の名称として使用していたSeptemberとOctoberが二ヶ月分うしろにずれてしまったのだとクラスに説明した。

ダウ先生の話を聞いて以来ずっとそういうものだと疑うことなく思っていた。ところがだいぶ後になって、これが誤りだと判明したのだ。

ダウ先生が言うように二ヶ月ズレたのであれば、それまであったはずの十一月と十二月に相当する「Undecimber」と「Duodecimber」はどうなったのだろうか。[1] ふと疑問に思って調べるうちにダウ先生の説明がおかしいことに気づいてしまったのである。

まず判ったのは今と異なり、古代ローマの暦は春（現代の三月）から始まって十ヶ月しかなかったことだ。

一、春の最初の月、すなわち当時の一月はローマの守護神である戦の神マルティウス（Martius）の名前がつけられた。――〈March〉

一、二月は「Aprilis」と呼ばれた。これはラテン語の「aperilis」（次の）を由来とする説と、女神アフロディーテ「Aphrodite」のエトルリア表記、「Apru」を由来とする説がある。――〈April〉

一、三月の名称の由来は二つの説がある。豊穣の女神マイア（Maia）の名前がつけられた説と「長老」という意味の「maiores」を由来とする説だ。――〈May〉

一、四月の名称は婚姻の女神ジュノ（Juno）を由来とする説と、前の「長老」に対して「若者」という意味の「iuniores」を由来とする説がある。(2)――〈June〉

一、五月以降は「Quintilis」（五の月）、「Sextilis」（六の月）、「Septembris」（七の月）、「Octobris」（八の月）、「Novembris」（九の月）、そして「Decembris」（十の月）と順に名前がつけられていた。

そのあとに続く冬の五十数日間に対して、はじめの頃は名称がなかったそうだ。

しかし、紀元前七一三年頃にこの期間は二つに分割され、前半を扉の神様「Janus」にちなんで「Ianuarius」、後半を「浄化」という意味のラテン語「februum」にちなんで「Februarius」と命名された。すなわち〈January〉と〈February〉である。

うるう年の時にFebruaryで日数調整をするのはFebruariusが元々一年の最後の月だったからだと考えるとなんだか合点がいく。

その後、ハッキリとした時期と経緯は定かでないが、紀元前四五〇年頃までに一年の始まりが「Martius」から「Ianuarius」に改められた。

暦のズレが生じたのはその時だったのである。

1月	Martius
2月	Apru
3月	Majores
4月	Iuniores
5月	Quintilis
6月	Sextilis
7月	Septembris
8月	Octobris
9月	Novembris
10月	Decembris
11月	Ianuarius
12月	Februarius

紀元前713年頃のローマ暦

1月	Ianuarius
2月	Februarius
3月	Martius
4月	Apru
5月	Majores
6月	Iuniores
7月	Quintilis
8月	Sextilis
9月	Septembris
10月	Octobris
11月	Novembris
12月	Decembris

紀元前450年頃のローマ暦

その後数百年、各月の名称は変わることはなかった。

紀元前四十四年にジュリアス・シーザーが暗殺された後、しばらくしてマルクス・アントニウスの提案により七月の「Quintilis」を同月生まれのジュリアスにちなんで「Iulius」に改めることになったのだ。——〈July〉

八月の「Sextilis」を皇帝オクタウィアヌスの敬称にちなんで「Augustus」と変更されたのは紀元前八年である。——〈August〉

調べると「Septembris」を「Germanicus」、「Octobris」を「Domitian」と皇帝の名にちなんで変更を行なっていたことが判ったが、いずれもなぜか定着しなかったようだ。

結局ダウ先生の説明にあったJulyとAugustがSeptember以降をうしろにずらした事実はなく、それまであった「Quintilis」と「Sextilis」が消滅しただけだった。

数年前からひとつ気になっていることがある。

西暦で「紀元前」と「紀元」を示す欧米表記についてだ。

日本語ではこれを「紀元前○○年」や「西暦△△年」と表記するので影響はないのだが、欧米では「○○B.C.」と「A.D.△△」と従来表記されていたものが最近は「○○B.C.E.」と「C.E.△△」と表記されるケースが増えている。

「B.C.」と「A.D.」は「before Christ」（キリスト以前）と「anno Domini」（神の時代）[3]の略だ。現在の暦が「Christian Calendar」と一部で呼ばれる所以でもある。

以前から宗教色が強いという理由で代わりに「B.C.E.」（before common era：共通紀元前）と「C.E.」（common era：共通紀元）と表記する学者もいたが、近年それに倣う広範な動きが出現しているようなのだ。

今年八月十八日に亡くなった元国連事務総長でプロテスタント系のクリスチャンであるコフィー・アナンもかつてこの流れを歓迎し、このように語っている。

「現行の暦はもはやクリスチャン・カレンダーではない。信仰に関係なく、単純にその利便性ゆえ広く使用されているからだ。異なる信仰や文化——言うならば異なる文明——同士の交流がこれほど盛んとなった現在、お互いが日時を等しく認識するなんらかの手段が不可欠である。それゆえChristian Era（神の時代）がCommon Era（人々の時代）になったのだ」

まぁ、たしかにそうかもしれないが個人的にこの解釈には違和感を持っている。

「西暦紀元」自体がキリストの受胎告知の年を基準にしているので、その名称を「共通紀元」に改めたところで根底にあるキリスト教色は変わらないのではないだろうか。
なんだか論点がずれている気がする。

とはいえ、時代の流れにはなかなか逆らえないものだ。
「C.E.」に関しては今も「A.D.」を略す場合がほとんどなので、これから目にすることも使うこともそんなに多くないであろう。しかし「B.C.E.」に関しては慣れていくしかないようだ。

昔から存在し、普段から使っているものは不都合が生じない限りその仕組みにあまり疑問を持たないものである。多少イレギュラーなことがあっても、そういうもんだと承知してしまいがちだ。だけど案外そういうところに興味深い物語が潜んでいるものである。

今後「共通紀元」表記が定着したら「『C.E.』って何を基準に決めたんだろう」と思う人がいずれ現れるかもしれない。その人はそこにキリストの存在が潜んでいることを知って驚愕するだろうか。

もしかしたらそれをきっかけにイルミナティやストーン・メーソンなど、秘密結社による陰謀説を唱えるようになるかもしれない。想像すると愉快である。

でもそう考えると暦のズレに気付いた冒頭の少年たちは大丈夫だろうか。今頃古代ローマの陰謀がそこに隠されていると思い込んで盛り上がっているかも知れない。

――教えてあげれば良かったかなぁ。

（1）「undecim」はラテン語で「11」、「duodecim」は「12」を意味する。

（2）「老若男女」のニュアンスで〈男神・女神・長老・若者〉と並べたと考えるとMartius以降の月名は「Apru」、「maiores」、「iuniores」を由来とする説が正しいように思える。

（3）ラテン語の「anno Domini nostri Jesu Christi」（我らの神、イエス・キリストの時代）というフレーズにもとづく。

（『埼玉県医師会誌』八二五号　二〇一八年十二月）

活字拾いの涙

アルカディア市ヶ谷の６階から見た景色

二〇一八年十月某日。ある授賞式に出席するため東京の私学会館、アルカディア市ヶ谷にやってきた。会場は六階、阿蘇の間。予定より少し早く着いたので受付を済ませ、荷物を席に置いてから再び廊下に出て時間を潰すことにした。隣の会場は別の催し物の参加者で賑わっている。窓から外を眺めると手前に外濠、そして向かい側に「ＤＮＰ」の三文字を掲げたビルが見えた。

――あぁ、大日本印刷だ……懐かしいな。

実は学生時代、その左奥にあった印刷工場で深夜操業の作業員を手伝うアルバイトをしていたことがあるのだ。

場内にあふれる紙とインキと機械油の匂い。ゴワーッと賑やかに回る輪転機。床を伝わる振動。自動結束装置に送り込まれた雑誌がガチャッガチャンと束ねられ、ゴトゴト排出されていく。床に靴底をキュッキュッ鳴らしながらバイトの持ち場を確認して回る作業員たち――。

もともと印刷工場の喧騒に浸りたくて始めたことだ。当時はこの偏奇な動機を説明するのが面倒で友人数名を除き、このアルバイトは親を含めみんなに内緒にしていた。

印刷工場に興味を持つようになったのはマイアミに暮らしていた子供のころである。小学二年生の時、職業見学でクラスメートの女の子と一緒に町の印刷屋さんに連れて行かれたのがきっかけだ。二日間に渡って一時間半ずつお仕事を見学し、後日クラスメートの前でその内容を発表する企画だった。

僕らが訪問したのはコリンズ・スタンプというゴムスタンプ専門の小さなお店で、店主のコリンズさんは饒舌な優しいおじいさんだった。

ゴムスタンプ製作の最初の工程は活版印刷とほとんど変わらない。

依頼者の原稿に沿ってタイプ・ケース(1)から活字を拾い、字間を込物《こめもの》で調整しながら植字ステッキに並べて一行ずつ文字組を行う（拾い組み）。そしてそれをゲラ台に移して固定し、印刷の準備をする。ビラや名刺、レターヘッドなど、文字数の多いものはここで校正用に試し刷り（ゲラ刷り）をするがゴムスタンプでは省略することが多い。


コリンズさんは僕らに手順をわかりやすく説明してくれた。そしてゲラ台に活字を固定しながら、若いころ働いていた印刷所の話をして自慢げにこう語った。

「言葉が活字になる瞬間を目撃できるのが僕らの特権だったんだ」

キョトンとしている僕らを見て、コリンズさんはフフッと小さく笑って付け加えた。

「――それはね、人よりも少しだけ早く作者の言葉に感動できるということなんだよ」

そう聞くと、それは何だかとてもステキなことのように思えた。(2)


日本に帰国したのはそれから八年後――中学二年生の夏である。そして日本の生活にようやく慣れはじめた高校二年生の時、999《スリーナイン》ではない銀河鉄道も読んでおこうと宮沢賢治の作品を手に取った。(3)

――読みづらい文体だなぁ。

そう思いながらページをめくっていると、興味深い場面が目に留まった。

なんと、主人公のジョバンニが活版所で活字拾いのアルバイトをしているではないか。


ジョバンニはすぐ入口から三番目の高い卓子に座った人の所へ行っておじぎをしました。その人はしばらく棚をさがしてから、「これだけ拾って行けるかね。」と云ひながら、一枚の紙切れを渡しました。

ジョバンニはその人の卓子の足もとから一つの小さな平たい函をとりだして向ふの電燈のたくさんついた、たてかけてある壁の隅の所へしゃがみ込むと小さなピンセットでまるで粟粒ぐらゐの活字を次から次と拾ひはじめました。

青い胸あてをした人がジョバンニのうしろを通りながら、「よう、虫めがね君、お早う。」と云ひますと、近くの四五人の人たちが声もたてずこっちも向かずに冷くわらひました。

ジョバンニは何べんも眼を拭ひながら活字をだんだんひろひました。

補足すると、ジョバンニが受け取った紙切れはペラと呼ばれる原稿の一部が書き写された用紙である。そして卓子《テーブル》の足もとからとりだしたのは文選箱だ。日本語のように活字の種類が多い言語は植字ステッキで拾い組みをせず、必要な活字を準備する文選作業（活字拾い）とそれを版に組む植字作業を分けて行うのである。

小学生の頃の記憶を元にジョバンニがいる活版所の様子を想い描いてみた。そしてコリンズさんの言葉を思い出して、ある可能性が脳裏に浮かんだ。

ジョバンニが何べんも眼を拭ったのは紙切れ《ペラ》に書かれた言葉に感涙したからではないだろうか。そこに彼の心に響く素晴らしい詩が数行書かれていたのかも知れない。

そう考え、読みづらさを忘れてワクワク文字を追った。

しかし、どうやらこれは単なる思い込みだったようだ。

残念ながらこの仮説を裏付けるものは何も見つからなかったのである。

だがその後もこの場面を思い出す度に想像を膨らませるようになり、いつしかあるロマンチックな好奇心が芽生えたのだ。

——美しい詩を目にした活字拾いは人よりも少しだけ早く涙するのだろうか。

大学に入って間もなく、漫画家のますむらひろしが描くキャラクターで『銀河鉄道の夜』がアニメ化されたことを知り、再び活版印刷所に思いを馳せるようになった。

アニメ『銀河鉄道の夜』のパンフレット

本が造られる現場を見たい――そんな思いが少しずつ膨らんで行き、とうとう大日本印刷でアルバイトすることに決めたのである。
配属されたのは漫画雑誌の製造ラインだ。活字拾いの涙を確認できるような部署でないのが残念だったが、得したことが一つあった。

場内の隅っこにメッシュパレット（四方が金網で囲われた台車）が置かれていて、そこにヤレ本が捨てられていた。ヤレ本というのは製本の過程で破れや汚れ、落丁などの瑕疵が見つかり廃棄処分される本である。もちろん場外持ち出し禁止。

しかしヤレ本とはいえ、商品にならないだけでその多くは読むのに問題がないものばかりだ。それを知ったアルバイトの僕たちは休憩時間になるとハイエナのようにメッシュパレットに群がったのである。

――人よりも少しだけ早く発売前の漫画がタダで読めること。

それが僕らの特権だったのだ。

（1）活字を上下二段に分けて収納するケース。上段は大文字、下段は小文字。文字の使用頻度を元に拾いやすく配置してある。
（2）この時の職業見学でコリンズさんから学んだことは小暮太郎（2018）『晴耕雨医の村から』パレード　九一ページ掲載「ゴムスタンプと宇宙飛行士」でも取り上げている。

（3）当時「銀河鉄道」といえば松本零士の漫画『銀河鉄道999』のことだった。

（『埼玉県医師会誌』八三一号　二〇一九年六月）

風と夜空とアスファルト

ドドドッ　ドド
ドドドドド

闇に沁入《しみい》るバイクの鼓動
秋の深夜
東北道
紫波《しわ》を過ぎて花巻へ
あたりは真っ暗
水銀灯《あかり》はない

追い越し車線を飛ばすように
抜いていった大型トラック
赤いテールランプ
揺らしながら
小さくなって
見えなくなった
――今この道は僕のもの

ヘッドライトを消してみる
夜が押し寄せ体を包む
星灯《あか》りに照らされ
路面が川のように流れていく

クラッチを握り、アクセルを戻す
ドッ　ドドッ
ドッ　ドドッ

風と夜空とアスファルト
バイクに乗るのが好きだ
深夜を走るのも大好きだ
のんびり走り
思いにふける
けっこうそういうのが好きなのだ

都内はもちろん、札幌、盛岡、横浜、名古屋、金沢、岡山、松山、博多……
思い返せば国内の学会は大体バイクで参加している。
会場が遠ければキャンプをしながらの移動だ。
テントはゆったり三人用。
走ることが目的だから観光名所には目もくれない。
気が向いたら景色を眺め、腹が減ったら飯を喰う。
なかなか贅沢な独り旅。

今回も学会の帰りである。
前日の昼過ぎに札幌の会場を後にし、南へ南へと走り続けて夕方には函館港。
手続きを済ませてバイクごと乗船。そのままエスカレーターで大部屋に向かった。
そして壁際の一角で大の字になって出港前からグースカピー。
青森港に接岸する頃に目が覚めた。
夜中の十時少し前。

ゴーン……、ガコーン……。
船内に響き渡る金属音。
しばらく待っていると下船の準備が完了したことを知らせる放送が流れた。
重い腰をあげ、目をこすりながら排ガス漂う船倉へ向かうエスカレーターを降りた。

キュルルッ
ドコッ　ドコッ
ドッドド　ドッドド
まだ暖かいエンジンに火を入れ、バイクに跨ってクルーの指示を待つ。

前に停まっていたトラックが移動してからしばらくして僕の順番がやってきた。

クルーに誘導されながらランプウェイを降りて本州に上陸。

爽やかな夜風が迎えてくれた。

――空気が美味しい。


駐車場で数回ストレッチをしてから再びバイクに跨がり東北自動車道に向かった。

そして青森インターから走り続けること約二時間。

岩手山サービス・エリアで給油中に日付が変わった。


――今夜は走り続けよう。

紙コップで淹れたてのコーヒーを飲みながらそう決めた。


「私の尻をおがみなさい」

昔『Mr. Bike』というバイク雑誌に載っていた横浜ケンタウロスの広告だ。

高校の頃その存在を知って憧れた元町のモーターサイクルクラブである。

コーヒーを一杯飲むために日帰りで元町から神戸までバイクをかっ飛ばす。
漫画『ケンタウロスの伝説』[1]に出てくる六〇〇マイル・ブレンド。
僕はその味をまだ知らない。

だが札幌から函館まで約三〇〇キロ。そして青森から東京まで約七〇〇キロ。合わせて大体一〇〇〇キロ——六〇〇マイルだ。フェリーで四時間ほど無駄にしたけど走行距離なら真似できる。そう思って無泊で東京に戻ることに決めたのだ。

愛車はハーレー
かっ飛ばすバイクじゃない
追い越されても
のんびり行こう
のんびりと
——イージーに……
そう、イージー・ライダーのように

ロバート・フロストの詩が思い浮かんだ[2]。

森は美しい――暗く、深い　The woods are lovely, dark and deep,
でもやるべきことが残っている　but I have promises to keep,
眠りにつくのはまだまだだ　and miles to go before I sleep
まだまだだ　and miles to go before I sleep

――あぁそうだ、まだまだだ。思い出してライトを点灯した。
アスファルトの川の上をセンターラインが流れていく。

ガチャッ　ガチャッ
ギアを落とし
アクセルを捻りながら
クラッチを繋ぐ
ドッ　ドドッ
ドドッ　ドドドドド
小気味よく愛車が加速する

東京まであと五〇〇キロ
風と夜空とアスファルト
決して急いじゃいないけど
眠りにつくのはまだまだまだだ
まだまだだ

（本稿を二〇一九年八月十六日に亡くなったピーター・フォンダに捧げる）

（1）御厨さと美（1981）『ケンタウロスの伝説』集英社
（2）Robert Frost（1922）*Stopping by the woods in a snowy evening*（雪降る夕方、森に寄って）より。

（『埼玉県医師会報』八三五号　二〇一九年十月）

冒険の書

先日とある講演会で演者の先生が「ゲームブック」という言葉を口にされて非常に懐かしく思った。(1)

ゲームブックは一九八〇年代に流行した読書形式のロールプレイングゲームである。ストーリーは複数の短い段落で構成されており、それぞれに番号が振ってある。通常はそのまま番号順に読み進めて行くのであるが、所々にその後の展開や結末を左右するイベントが出現する。読者はそこで登場人物の役を演じて次に取るべき行動を選択し、指定された段落へ移動してストーリーを続けるのである。ゲームブックが初めて出た頃は鉛筆とサイコロが必要だったが、その後サイコロはなくても遊べるようになった。

例えばこんな感じである。

— 123 —

「呪われた森」に迷い込んだあなたの前に突如、青いドラゴンが現れた。あなたはどうしますか。

逃げるのなら15へ。
会話を試みるなら181へ。
戦うなら143へ。

流行の火付け役となったのは『Warlock of Firetop Mountain』（火吹山の魔法使い）。イギリス人ゲーム作家のスティーブ・ジャクソン（Steve Jackson）が一九八二年に発表したゲーム・ブックである。翌年発表した『Sorcery!』（ソーサリー）四部作も大ヒットとなり、これらはその後「ファイティング・ファンタジー」としてシリーズ化され世界中でファンを増やしていった。

日本では一九八四年に社会思想社から『火吹山の魔法使い』が翻訳出版され、それに続く「ファイティング・ファンタジー」シリーズも同社から刊行された。そして『ソーサリー』四部作だけは版権の関係で一九八五年に東京創元社から刊行されている。

実は我が国でも一九八六年にミステリー作家デュオ、岡嶋二人によるゲームブック形式の推理小説『ツァラトゥストラの翼』が講談社の企画で出版されている。

わが国初のゲームブック形式の推理小説

殺人事件の犯人を探し出して隠された宝石を見つけるのだが思いの外難度が高く、僕は途中でやる気が失せて放り出してしまった。この原稿を書くために久し振りに書棚から抜き出したが、再挑戦する気にならない。

ゲームブック人気の中、一九九〇年初めにテキサス州にあるスティーブ・ジャクソン・ゲームズ（Steve Jackson Games：SJGames）にアメリカのシークレット・サービスが強制捜査に入ったというニュースが耳に入った。同社がハッキングなどコンピュータ犯罪に関わった容疑が浮上したのである。

SJGamesが当時開発していた『Cyberpunk《サイバーパンク》』というゲームブックは各国企業や政府機関のコンピュータに侵入して仮想空間で敵と戦うという内容だった。そしてよりリアルな世界観を醸し出すため、様々なハッキング用語がゲームの中で使われていたそうだ。ゲームの開発経過は同社のサーバーからゲーム愛好家たちに配信されていたが、そのことを知った当局はこれが大規模なコンピュータ犯罪の指南書だと勘違いしてしまったようである。

そして開発データの入ったコンピュータをすべて押収されてしまったSJGamesは予定していた新作を発売することができず大損害を被ってしまったのである。

当時はネット犯罪を取り締まる側がネットの仕組みを十分理解していなかった時代である。捜査当局が怪しいと思えば片っ端からオイコラとしょっぴいて、あとからじっくり事実関係を洗い出すという乱暴な捜査手法が許容されていたのだ。

この事件を知った有識者たちは強い懸念を抱いた。見識足らずの不当捜査を正義の名のもと容認してしまう考えに危機感を募らせたのである。そして彼らはネット利用者の権利を司法の横暴から守るべく一九九〇年六月にElectronic Frontier Foundation（EFF：電子フロンティア財団）を設立したのだ。

財団はその後SJGamesの代理人としてシークレット・サービスを訴え、一九九三年に勝訴をしている。またその後もネット利用者のプライバシーの保護についても司法と争い、個人がデータを暗号化したり匿名でネットを利用したりすることは利用者の普遍的な権利であると主張してきた。(2)

だいぶ後になって知ったのだが、実は冒頭のスティーブ・ジャクソンとアメリカのSJGamesは全く関係がないそうだ。たまたま同姓同名のゲーム作家がイギリスとアメリカで活躍していたのである。

僕はてっきりSJGamesに対する強制捜査がゲームブック人気の終焉を招いたとずっと思い込んでいた。というのも、社会思想社の「ファイティング・ファンタジー」シリーズは一九九一年に刊行した第三十三巻を最後に新作は発表されなくなったからである。いかにも関係がありそうなタイミングだ。

だがそれは日本だけの話で、海外ではその後も一九九五年まで全五十九巻刊行されていたのである。日本でシリーズの刊行中止となったのはファミコンの普及と一九八八年に発売された『ドラゴンクエストⅢ』の影響でゲームブック人気が急速に廃れたためだった。

でも思い込みは結構あとを引くもので、ゲームブック、スティーブ・ジャクソン、SJGames、そしてＥＦＦというキーワードは今でも僕の中で強く関連付けされてしまっている。

そのため二〇一六年二月上旬にあるテロ事件に対してアップル社がＦＢＩの捜査協力依頼を断った時の経緯を自社ホームページに掲載して話題になった時もSJGamesの強制捜査のことを思い出していた。

二〇一五年末にカリフォルニアのサンバーナディーノ（San Bernardino）で乱射事件が発生した。そして射殺された犯人のiPhoneがＦＢＩによって回収されたのである。

テロ組織との繋がりを調べるためにその中の記録や関連データを解析する必要があったが、iPhoneを解除するパスワードがどうしても判らない。そこでＦＢＩは開発元のアップル社にパスワード入力を迂回するプログラム（通称backdoor）の作成を依頼した。司法当局がそのような道具を持つことは今後も同様な凶悪犯罪捜査に役立つとＦＢＩは考えたのである。

一見もっともらしい言い分だがこれは犯罪と関係のない大半の利用者のプライバシーを侵害しかねないことである。すなわち、正義の道具が正しく使われる保障はないのだ。協力を拒んだアップル社の判断は至極常識的なものである。だがその判断を支える法的根拠を積み上げて来たのが前述したＥＦＦなのだ。

ところで冒頭の講演会とは二〇一六年二月二十八日に開催された埼玉医学総会の特別講演のことである。演者の武部貴則准教授はｉＰＳ細胞を用いた臓器創出のお話のあと、自身が関わっている「広告医学」について説明された。

「広告医学」は医療情報を広告論に基づいて発信する考え方で、人々の興味を惹くキャッチコピーや楽しい図案（infographic）を用いて不特定多数に生活習慣を改善する課題を分りやすく説明し、その実行を促すものである。[3]

現在はポスターや案内板などが主体だが将来はゲームブック形式の観光案内を考えているそうだ。ゲームブックの指示に従いながら実際の街を探索し、課題をこなすことによって適度な運動が可能となるのである。ゲームブックなので利用者は老若男女関係なく課題ごとに運動の負荷を自由に選択し、楽しみながらゴールを目指せる仕組みだ。

今後、横浜市と共同で実現を目指すと話されていたが、将来どんな「冒険の書」ができるのだろうか。興味津々である。

（1）第53回埼玉医学総会特別講演「臓器創出への展望　次世代の移植医療実現を目指して」横浜市立大学医学研究科臓器再生医学　武部貴則准教授

（2）当時は犯罪捜査に支障をきたす可能性があるという理由で個人がデータを暗号化することは違法にすべきだという考えがあった。

（3）詳細についてはhttp://admed.jimbo.comを参照のこと。

（『埼玉県医師会誌』七九五号　二〇一六年六月）

怪物たちがいるところ

先月、変わった記事がネット上に配信された。自家用車でイタリアを観光していたスウェーデンのカップルがカーナビの設定を誤り、目的地のカプリ島（Capri）から約六五〇キロメートル北のカルピ市（Carpi）へ誘導されてしまったのである。海を超えていないことに疑問を持つことなく、「青の洞窟」の行き方を尋ねに観光案内所を訪れた時にやっとミスが判明したのだそうだ。その後カップルはそそくさと車に戻り、南へと去っていったのである。

BBC NEWS

Swedes miss Capri after GPS gaffe

A Swedish couple in search of the isle of Capri drove to Carpi, an industrial town in northern Italy, because they misspelt the name in their car's GPS.

Italian officials say the couple asked at Carpi's tourist office where they could find Capri's famous Blue Grotto.

The car's sat nav system had sent them 650km (400 miles) off course to Carpi.

"Capri is an island. They did not even wonder why they didn't cross any bridge or take any boat," said a bemused tourism official in Carpi.

Once they realised their mistake, the couple got back in their car and headed south, the official added.

当時配信されたBBCの記事[1]

最近はカーナビ以外にＧＰＳ機能付きの携帯電話があったり、インターネットに接続して、地図や時刻表、渋滞情報などを調べたりすることが出来て大分便利になった。おかげで今は、聞いたことが無い初めての場所でも躊躇することなく、気楽に出向くことが可能である――たとえ道に迷ったとしても何とかなる世の中になったのだ。

十年ちょっと前までそうはいかなかった。馴染みのない土地へ出掛ける場合、数日前から地図を開いて目的地までの道順を予め検討したものである。迷った時のことを考え、多少遠回りであっても人通りの多そうな道を選びながら目印となる施設や交差点の名前を書き控えたり、地図に付箋を貼ったりして粛々と旅に備えたのだ。それでもいざ出発すると道を間違えてしまうことがある。そして地元の人すら通らない、鄙びた場所に迷い込んでしまったような時は人里が見えるまで不安で生きた心地がしないのである。

「昔むかし……」と語られるような時代は、そんな地図にも載っていない寂しい場所に人を惑わす怪物がうじゃうじゃいた。道を見失い、そのような空間へ足を踏み入れた旅人は大変である。狐や狸に化かされたり、天狗や天邪鬼に身ぐるみ剥がされたり、魔物に取り憑かれてしまったりと、ろくな目にあわないのだ。

大航海時代以前に製作された世界地図の多くは余白の部分にラテン語で「terra incognita」（未知の土地）と表示し、竜や獅子のほか、恐ろしい怪物の絵が描かれていた。また「HIC SVNT DRACONES」（ここに竜あり）とか「HIC SVNT LEONES」（ここに獅子あり）もしくはイタリア語で「cui si sono dei mostri」（ここには怪物がいる）と書き添え、注意を喚起したのである。

西も東も関係なく古くから「地図の余白」は怪物たちが跋扈《ばっこ》している空間で、無辜《むこ》な村人・旅人が不用意に足を踏み入れるべき場所ではなかったのだ。

民俗学的に考察すると、ムラ社会において自分たちの生活圏（ムラ）の外側に怪物が棲息していることは指導者や支配者からすれば都合のよいことだったはずである。

ムラの外には危険が一杯。だからみんな肩を寄せ、互いに協力し合って生活しなければならない。――ムラビトはムラの一員として責任ある行動が求められ、ムラの決め事をキチンと守らなければならないのだ。

それができないものはムラのルールが適応される限界域（ムラ境）を超えた「地図の余白」へと追いやられてしまうのである。ルールの守れない輩はアウトサイダーとなってしまうのだ。

一つ面白い映画がある。

M・ナイト・シャマランが監督した『The Village』(ヴィレッジ)という二〇〇四年の作品だ。アメリカ東部にある、数十人の村人が暮らす小さな村落。恐ろしい怪物たちが棲む深い森に囲まれ、外界との交流はなく孤立している。しかし、村人たちは大きな家族として自給自足しながら明るく平和に暮らしているのだ。彼らが安心して過ごしていられるのは村の長老たちがむかし、森にいる怪物たちと相互不可侵の契約を結んだからである。つまり村人がむやみに森に立ち入ることさえしなければ森の怪物たちも村をそっとしてくれるのだ。

ある日、村の若者が興味本位で森に足を踏み入れ、そこにある花を摘んで村に持ち帰ってしまった。するとその夜、怒った怪物たちが村を襲い、見せしめに家畜を惨殺して村人を恐怖に陥れた。と、このような設定で進行する物語だ。村の平和を取り戻すことは可能なのだろうか。

ネタをばらさない程度に説明すると、実はこの村は長老たちの思惑で外界から孤立していなければいけない理由があり、森の怪物たちとの契約もそのために存在しているのである。シャマラン監督の他の作品でもよくあることだが、最後に明かされる真実は全く予想していないものであった。

歴史が書かれるよりもはるか昔、お互いの社会に秩序をもたらすことを目的として人類の長老たちと怪物たちの代表は棲み分けの契約を結んだ。ところが、力と武器を手に入れた我々はいつしかその契約を反故にして、ずかずかと「地図の余白」に踏み込んでそこを自分たちのものにしてしまったのである。今はもうムラの外に怪物たちが我が物顔で跋扈できる余白は殆どない。

では、怪物たちはどこにいってしまったのであろうか。

おそらく狭く不便な場所へと押しやられ、窮屈そうに肩を寄せ合い、人目を忍んで暮らしているに違いない。中には上手く化けて人間社会に混じって生活している器用な連中もいるであろう。そして彼らは時折レジスタンス運動を展開して我々を驚かすのである。たまに科学で説明しにくい奇妙な事件や現象を耳にすることがあるが、これはきっと彼らが我々を化かして日頃のフラストレーションを発散しているのだと思う。

彼らのレジスタンス運動の様子の一部はスタジオジブリが制作したドキュメンタリー・アニメ、『平成狸合戦ぽんぽこ』[(2)]に記録されているので興味のある方は是非ご覧あれ。

こういうことを考えていると、ふと地図に載っていない道に迷い込んでみたい気もする。

登山家のジョージ・マロリーはエベレストで消息を絶つ前に、「なぜ山に登るのか」と尋ねられ、「Because it's there」（そこにあるから）と答えている。きっと彼のような冒険家は怪物たちと向き合うために、わずかに残っている「地図の余白」へ向かうのかもしれない。

ところで、冒頭のスウェーデンの迷走カップルはその後どうなっただろうか。おそらく凄い形相をした怪物が車の助手席に取り憑き、カプリ島に着くまでおっちょこちょいな彼氏に向かって毒を吐き続けていたのではないだろうか。

（1）http://news.bbc.co.uk/go/pr/fr/-/2/hi/europe/8173308.stm
（2）一九九四年に公開された高畑勲監督が原作と脚本も手掛けたスタジオジブリ制作アニメ。

（『深谷市・大里郡医師会報』一六〇号　二〇〇九年十月号）

見た目で判断するなかれ

つい先日、海外の古書目録に掲載されていた一九四九年度版の日記帳を手に入れた。

書き込みのない未使用の美品だがもちろん使う目的で購入したわけではない。

通常、古書店がこのような代物を扱うのは特別な人が所有していたか、著名人による署名や書き込みがある場合がほとんどである。ところが今回入手した日記帳の来歴は不詳で、署名も特別な書き込みも見当たらない。本来なら古本市場に出品されるはずもないただの古文具なのだ。

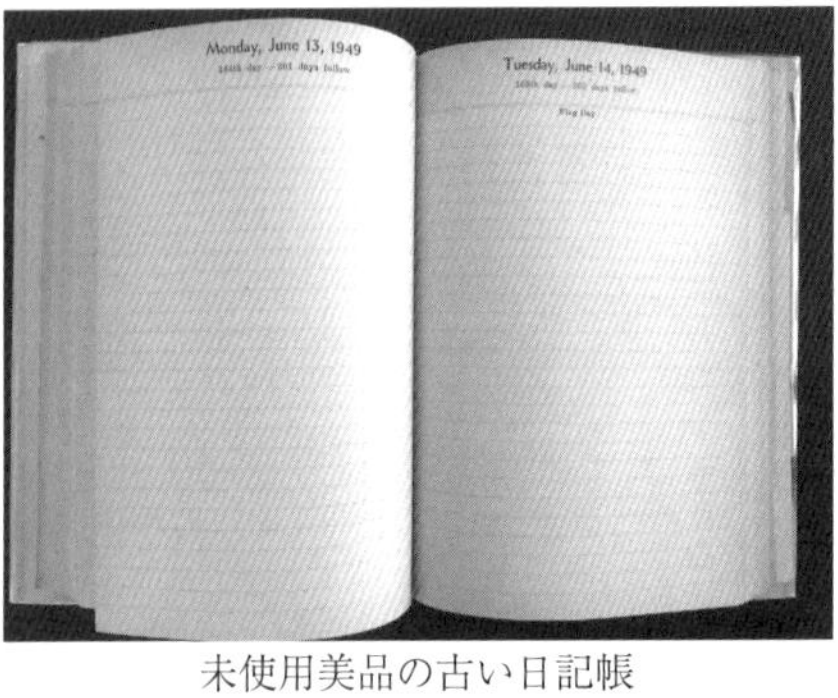

未使用美品の古い日記帳

実はこの文具の面白さはその表紙を覆う派手なカバーにある。

経年変化で背がヤケているが目立ったカケやヤブレはない。ひと際目を引くのがカバー全体に大きく印刷されたおよそ日記帳らしからぬ赤文字の題名である。

Can't judge a book by its cover?　Maybe not –
but a good JACKET certainly helps SALES

表紙で本の良し悪しは決められない？　その通りかも——
でも良いカバーはしっかり売り上げに貢献します

文具にしては派手なカバー

実はこの日記帳は当時ニューヨークにあったNew Utrecht Pressという書籍のカバー制作を専門にする印刷会社が販売促進用に出版社に配布したカバー見本なのだ。カバーの背景に印刷されているのはそれまで会社が手がけた作品の写真、そして内側には会社の案内と価格表が記載されている。

古本としては価値のない古文具《ガラクタ》をこのカバーのために購入することになったわけだが、まさに題名の文面通りとなってしまった。目録に掲載した古本屋の売り上げに貢献し、何だかしてやられたようだ。ちょっと癪だが、当時このような商売が成り立っていたことが分かっただけでも手に入れた甲斐があるというものである。

「you can't judge a book by its cover」

さきほどは直訳したが、本来「見た目で判断するなかれ」と訳される格言だ。

大学時代の友人Mがむかし話してくれた体験談がある。

東医体（東日本医科学生体育大会）が北海道で開催された夏のことである。大学の運動部に所属するほとんどの学生が札幌郊外にやってきていた。僕はサッカー部に所属しており、彼は空手部だった。

学生の大多数は飛行機で北海道入りしていたが中には東京から車を走らせてきた強者もいた。Mもそんな一人で、東医体終了後そのまま北海道を旅行するつもりだったそうだ。

この年、我がサッカー部は順調に勝ち続けて最終的に優勝を果たしたが空手部は早い段階で敗退して現地解散していた。そしてMは予定通り一人旅に出たのである。

ある日の午後、ひと気のない道を走っていると後ろからチカチカとハイビームを点滅させながら一台の車が急速に接近してきた。道をゆずるにも路肩がほとんどない片側一車線である。どうしようもないのでそのまま速度をあげて走り続けると後ろの車はクラクションを激しく鳴らしてきた。

もしや自分と同じように車で北海道入りした同級生の悪ふざけかと思い、バックミラーで後続車の運転席を確認しようと目を凝らしたが光の加減で良くわからない。そうこうしているうちに道路が広くなり片側二車線となった。とたんに後の車は乱暴に右車線へ飛び出し、追い越しを掛けてきた。

――いったい誰だろう。

横を抜いて行く車に目をやると車高を低く改造した国産車であった。いわゆるシャコタンだ。助手席の窓は開いていてガラの悪い男性がこちらを向いて睨んでいた。目が合った瞬間「ヤバイ」と反射的に目をそらした。もちろん北海道のヤンキーに知り合いはいるはずがない。おそらく地元の暴走族が暇つぶしに道外ナンバーの車をからかっているだけだ。挑発にのらず、おとなしくしていればそのうちほっといてくれるに違いない。そう考え、視線を合わせないようにして大人しく左車線を走り続けた。

ところが意に反して、相手はなかなか去ってくれない。車速を合わせながらこちらの右斜め前を走り続けているのだ。恐る恐る、チラッとそちらを見ると助手席にいたヤンキーが窓から身を乗り出し、こちらに向かって中指を繰り返し突き上げながら

「バーカ！　バーカ！」

と大声で威嚇している。無視されたと腹を立てているのだろうか。

——いやだなぁ。

少し減速すると向こうはスーッと左側車線に寄ってきて自分の前に入った。そして間もなく道路は再び片側一車線となった。相手はスピードを上げる気配はない。様子をうかがいながら後を走っていると運転席側の窓からドライバーが右腕を上方につき出してルーフ越しに左側をクイッ、クイッと指差し、車を路肩に寄せるように指示してきた。

——これはさすがにまずいぞ。

車を止められたらおしまいだ。空手部とはいえ、分の悪い喧嘩を買うほどの空手バカではない。Ｍは逃げる決心をし、タイミングよく現れた交差点を咄嗟に右折してスピードを上げた。

その後バックミラーを幾度も覗き込み、彼らが追ってきていないことを確認してようやくスピードを落とした。のどはカラカラだ。しばらくするとコンビニが見えてきたので駐車場に車を入れてエンジンを切った。

――ふぅーっ。

長いため息が漏れた。

気持ちが落ち着いたところで車を降り、腰を伸ばすと予想外のものが目に入った。なんと、着替えを全部詰めた革製の旅行バッグが運転席側の屋根の上にちょこんと乗っていたのである。

「あーっ！」

瞬時に全てを理解した。

Mは以前から荷物を屋根の上に置いてから車に乗り込む癖があり、そのままエンジンをかけて発進してしまうことがしばしばあった。すぐに気付くこともあるが、知らぬ間に荷物をどこかで落として失くしてしまうことも一度や二度ではなかった。信号で止まった瞬間、ガタタッと缶コーヒーが中身をまき散らしながらフロントガラスを超えてボンネットの上に落ちてきたこともあったそうだ。

今回もそれをやってしまったのである。たまたま接地面の大きい革製のバッグだったので運良く滑り落ちずに済んだのであろう。道路のカーブが少ない土地柄も幸いしたようだ。

シャコタンの二人組は屋根の上のバッグに気付き、それを知らせようと親切にも追いかけてきてくれたのである。助手席のヤンキーはMに向かって中指を突き上げて「バーカ！バーカ！」と罵倒していたのではなく、屋根を指して「バッグ！　バッグ！」と怒鳴っていたのだ。そして運転席の男性も左に車を寄せろと指示していたのではなく、屋根の上を確認しろと伝えようとしていたのである。

見た目のバイアスがかかって、相手が発している情報を正しく認識できなかったのだ。勝手にその意図を勘違いし、一瞥したきり嫌がって視線をあわせようとしないMに気付いてもらおうと必至のヤンキーたちも気の毒である。人は見た目で判断すべきではないかもしれない。だが見た目が誤解を生むのもまた確かである。

（『埼玉県医師会誌』七八三号　二〇一五年六月）

殺されてしまう

「同窓会、今年も出席されるんですか？」

「エエ、出席しないと殺されてしまうんです……」

診察室の椅子に座った優しそうな老人は質問にそう答えて寂しそうに微笑んだ。


出張先の外来に十年来の付き合いがある常連のＥさんがやってきた。

大正十三年生まれ、御年八十七歳の好々爺。

戦後、中学生に理科を教えていた元教員である。

人柄からであろうか、教え子たちから慕われており、退職してからも同窓会によく誘われるそうである。

「ありがたいことだけど……」

教え子たちも年金受給の身分となり、それぞれが全国各地に暮らしているので同窓会はその年の幹事に合わせて開催場所があっちこっち変わるのだそうだ。そのため「毎年参加するのはちときつい」と以前こぼしていた。

四国、九州、北陸、東北、北海道と開催場所は変わり、移動手段も毎回少し違うのでひとりで旅行の計画を立てるのも大変そうだ。


しかし「出席しないと殺されてしまう」とはどういうことだろう。

幹事たちは嫌がるＥさんを脅迫して参加させているのだろうか。

しかしそれは非道すぎる。

米寿間近の好々爺に「殺されてしまう」と言わしめるとはまさに鬼の所業だ。

他人事ながら怒りを覚えた。

だがＥさんは笑顔で話を続けた。

「いやぁ、実は妙なことがありましてねぇ……」

どうやら僕の考えていた状況とは違うらしい。

Ｅさんがおっしゃるには、自他共に年寄りと認められる齢になると積極的に会合に顔を出しておかないと「あぁ、お亡くなりになったんだ」と納得されてしまうのだそうだ。

つまり、勝手に殺されてしまうのである
幾年か前に同窓会を欠席したとき、実際そういうことがあったのだそうだ。翌年、来るはずの招待状が届かないので不思議に思っていたら、教え子が線香を上げに自宅を訪れたのである。玄関先にEさんが出てきて教え子はビックリ、事情を聞いてEさんもビックリ。まるで落語だ。

以前こんな話を両親から聞いたことがある。

マイアミに住んでいた子供の頃、父が当時所属していたマイアミ大学の付属病院にクレブス（Hans Adolf Krebs）博士の学術講演があった。クレブス博士と言えばクエン酸回路（通称クレブス・サイクル：Krebs Cycle）を解明してノーベル賞を受賞された方だ。そんな偉大な方の謦咳に触れる機会なんてめったにないからと、その日は子供達を家に残して父も母も会場に赴いた。

博士のお話は非常に分かり易く内容も面白かったようで、英語が不自由な両親でさえ「不思議なくらい全てが理解できて楽しかった」と家に帰ってきて僕らに話してくれた。

そして、「自分はかつて殺されたことがある――」と博士が前置きして語ったエピソードのことを教えてくれた。

話によると、ある時『リーダーズ・ダイジェスト』(Reader's Digest) という雑誌にノーベル賞受賞者を紹介する特集が組まれたことがあったそうだ。当然そこにはクレブス博士の名前と彼の業績を紹介する記事も掲載されたわけだが、何故か博士の生年月日とともに没年が併記されていたのだ。

『リーダーズ・ダイジェスト』といえばアメリカで一番の発行部数を誇る総合雑誌である。幅広い読者層から支持を受けていて影響力も大きい。そこにそのような誤りが掲載されてしまったのだ。

おかげでその記事が掲載されてから講演依頼がめっきり減ってしまい、あてにしていた老後の収入が落ち込んでしまったと博士はぼやいていたそうだ。

そして自分がピンピンしていることを会場の皆に理解してもらうため、原付バイクにまたがったスライドを映し「クレブス・サイクル」と紹介されたのだ。

これぞまさにクレブス・サイクル

僕も以前、ツアーに参加してにニュージーランドへ旅行した時、ある偉大な方を勝手に殺して恥をかいたことがある。

ニュージーランドは自然豊かなサウス・アイランドと首都ウェリントンのあるノース・アイランド――南北ふたつの島からなる国である。そしてサウス・アイランドにはマウント・クックと呼ばれる標高三七五四メートルの大きな山がそびえている。

マオリ語でアオラキ（雲の山）と呼ばれているだけあって、その頂上は大体いつも曇っていて、ふもとから望めることは少ないとされている。ところが我々が訪れた時は珍しく晴れ渡っていてガイドさんが驚くくらい素晴らしい眺めに遭遇できたのである。

「エドモンド・ヒラリーも生前、エベレストを登頂する前はこの山を幾度も登ったことでしょうね」

ガイドさんに尋ねると「エッ?」と変な顔をされた。

――あれっ、まさかこのガイドさん、エベレストを初登頂したヒラリー卿を知らないのかな? その業績を称え、没後ニュージーランドの五ドル紙幣の肖像にもなっているくらい有名なのに……さてはこやつモグリだな。

そんなことを考えていたらガイドさんは「……ヒラリー卿はご高齢ですけどまだまだお元気ですよ」と、この愚かしい観光客にやれやれと教えてくれた。
君主制以外の国では死んだ人しかお札の肖像にならないと思っていたら、ヒラリー卿は存命中に銀行券の肖像に採用された数少ない人だというニュージーランドでは羊でも知っている常識をそこで初めて知ったのである。

自己弁護するつもりであえて記すが、Ｅさんのようにご高齢でなくとも、クレブス博士やヒラリー卿のようにあまりにも偉大な業績を果たしてしまうと、彼等が自分たちと同じ空気を吸っているということが不思議に思えてしまうのが人間の心理だ。あまりにも世界が違いすぎて、文字通り「他界」におられる方々なのだと容易に納得してしまうのはしょうがないことなのである。

（『深谷市・大里郡医師会報』一六九号　二〇一二年一月）

合点が早すぎる

普段からあまりテレビを観ないこともあり、僕は芸能情報にはかなり疎い方だ。特に最近は俳優、アイドル、歌手、お笑い、モデルなど、数多く芸能界で頑張っている方がいるので名前と顔が一致しないことや区別がつかないことはざらである。もちろん本名か芸名か、知らない場合がほとんどだ。

先日、妻が録画したテレビドラマを観ていて広瀬アリスという女優さんを知った。

――ふふふ。

その名前を見てちょっと嬉しくなった。

「ねぇ、この人の名前って芸名でしょ」

一緒に観ていた妻に尋ねた。

「そうじゃないかしら。『すず』っていうモデルをやってる妹さんがいるけど」

「たぶんこの芸名考えた人、日本のＳＦ小説が好きな人だと思うよ」

「ふぅーん」

生返事が返ってきた。

――まぁ、そりゃそうだろうな……

僕は時々、早合点したまま話を進めてしまうことがあるので、彼女はこの流れの話にはすぐに乗ってこないのである。

とりあえず自分の推測が正しいかどうか「広瀬アリス」という名前をネットで調べて確認すると、やはりこれは芸名であった。しかしその由来についてはどこにも言及がなく、使っている本人も分からないそうである。

――うーむ……。

残念ながら結論が出なかった。

普通「アリス」といえばルイス・キャロルの『不思議の国のアリス』だ。

中には谷村新司、堀内孝雄、矢沢透の伝説のフォークバンドを懐かしむ方もいるかもしれない。

だが「広瀬」という名前と組み合わせた場合、SF小説好きは広瀬正の『鏡の国のアリス』を連想するのである。

広瀬正は一九六〇年代から七〇年代前半まで活動していたSF作家だ。時間に関係するSF小説を多く執筆しており「時に憑かれた作家」と呼ばれたこともあるらしい。元々は工学部出身のジャズ・サクソフォン奏者で、作家としての活動を始めたのは五〇年代後半に自身のバンドを解散してからである。

代表作はSF同人誌『宇宙塵』に連載した長編タイムトラベル小説『マイナス・ゼロ』だ。これは一九七〇年に単行本として出版され、同年の直木賞候補に挙がっている。その後も一九七一年に上梓した『ツィス』（四月二十五日）と『エロス』（十一月二十五日）も直木賞候補になった。受賞を逃したとはいえ、出版した本が三冊連続して候補に挙がるとはすごいことだ。

ところがこれから順風満帆という一九七二年の三月九日、彼はとつぜん心臓発作を起こして帰らぬ人となってしまったのである。享年四十七歳。

彼の葬儀には国内にいるSF作家のほとんどが列席したといわれている。

『鏡の国のアリス』は作者亡きあと一九七二年六月十五日に書き下ろしで発行された作品だ。そしてこれは翌年、ファン投票によって選出される優秀ＳＦ作品として星雲賞を受賞したのである。

こちらはタイムマシンものではなく、異次元からの訪問者がテーマだ。左右が逆転した世界からやってきた青年が、元の世界に戻るためには女性の体になる必要があると判断し、形成外科医（作中では「美容整形外科医」）である「私」の病院を訪れた——そういう設定で始まるストーリーである。

初版を発行したのは河出書房新社で、現在は集英社文庫から文庫本として入手可能だ。

集英社文庫版『鏡の国のアリス』

ところで僕の手元に非売品のちょっと変わった『鏡の国のアリス』の単行本がある。あかね色の夫婦箱に収められた四六判の書籍で、箱の題箋と本体の背に印刷された題名が鏡文字となっている。数年前に外箱付きで古書店から入手したものである。

この本は広瀬正の百日忌に配られたもので奥付を見ると発行日は一九七二年六月一六日だ。出版社は流通版と同じ河出書房新社。発行日を流通版の一日後にずらしたのはおそらく初版本の限定特装版と間違われないようにしたのであろう。価格の表示はない。

これはいわゆる「まんじゅう本」である。

葬式まんじゅうにちなんで、亡くなった方を追悼するために配る追悼文集や遺稿集などの書籍のことを古書店でそう呼ぶのだ。

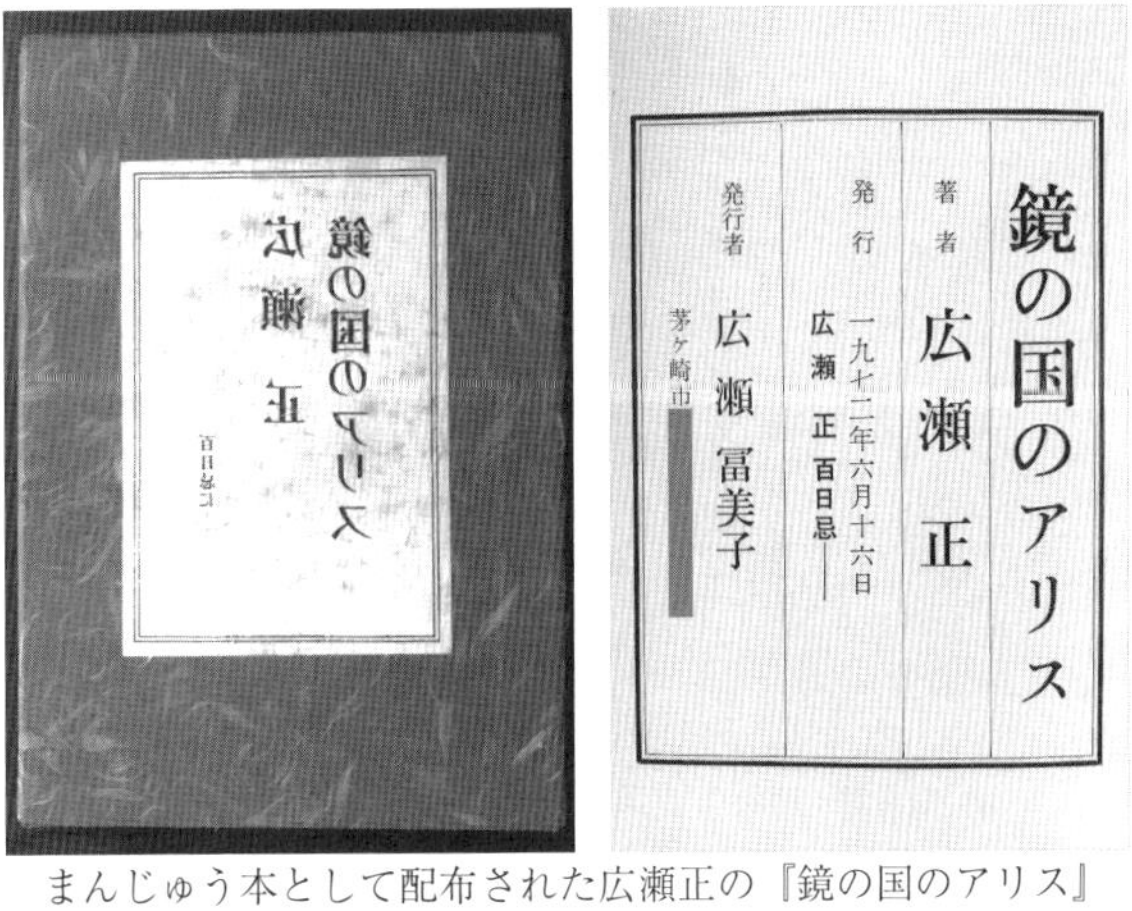

まんじゅう本として配布された広瀬正の『鏡の国のアリス』

古書蒐集家の中にはまんじゅう本を好んで探求する方もいるという話を古書関係の書籍で読んだことがある。変わった嗜好ではあるが、これはこれでかなり大変な作業だと思う。故人が著名な方ならともかく、名の知られていない方のまんじゅう本は内容が優れているか、よほど造本が立派でなければ古書店までたどり着くものは少ないはずである。情報も少ないだろうから蒐集しにくいのではないだろうか。

僕もこの『鏡の国のアリス』がまんじゅう本であると知って購入を決めたが、今後そのコレクションを増やす予定はない。

しかし改めて考えると、このような書籍が手元にあるから思考にバイアスがかかっていて、実際には存在しない「広瀬」と「アリス」の繋がりが見えたと思い込んでいるだけかもしれない。過去の経験からその可能性は十分にありそうだ。

冒頭のテレビドラマは井上真偽《まぎ》による推理小説が原作の『探偵が早すぎる』というユーモラスな作品である。

犯人のトリックを未然に察知して犯罪が起きる前に解決してしまう「早すぎる」探偵、そしてあるグループから命を狙われる女子大生。探偵は彼女を守るために雇われているのだが、解決するのが早すぎるため女子大生は自分が守られていることを認識していない。

広瀬アリスはこの女子大生を演じているのである。
残念ながら彼女の芸名の由来はわからずじまいだ。
だから僕の妄想は続く。
――やはり広瀬正の『鏡の国のアリス』だろうなぁ……。
妻はいまだにこの話に乗ってこない。
さしづめ、僕は「合点が早すぎる」と思われているようだ。

（『埼玉県医師会誌』八二四号　二〇一八年十一月）

掘り出し物の在処

これは昔、友人とある駅前で待ち合わせた時の話。約束した時間より早く到着したので偶然目に入った雑貨屋さんで時間をつぶすことにした。ところが不思議なことに店内には冷蔵庫、照明、家具、テレビ、ＣＤ・ＤＶＤなどなど、中古品が雑貨と一緒に並べてあったのである。雑貨屋とはいえ、地域の廃品回収とリサイクルショップを兼ねているのであろう。店の奥には書棚を並べて作った古本コーナーまであった。

嬉しい発見だけど、予め分かっていれば早く来店してじっくり時間を掛けて古書探索ができたはずだ。時計を確認すると約束の時間まであと二〇分。うーん、残念……。

少なくとも三〇分は欲しいけどきびしいな。これで遅刻なんかしたらせっかく早く来た意味がないし。まぁ古本屋じゃないから軽く目を通すだけでもいいか……。などと葛藤しつつ漫画、文庫本、単行本と三つのエリアに分けられた古本コーナーへと向かった。

もちろんどんな本があるか分からないので、ひと通り全体を見廻すことに。漫画は作品毎にまとめてあるが、それ以外は作者・題名・ジャンルに関係なく、かなり適当に並べてあった。さらに本棚の上の方には写真集や美術書など外箱に入った書籍が雑然と置かれている。専門じゃないとはいえ、書籍を販売しようという気持ちが全く伝わってこない。

どうやら古本は廃品回収ついでに引き取ったものを陳列しただけのようだ。これではいくら探してもめぼしいものは見つかりそうにない。

淡い期待すらもはや捨て、単行本エリアに並ぶ書籍の題名をサーッと確認したが、やはり僕の興味を引く面白そうな本は見当たらなかった。そして写真集には用がないと思いながら棚の上を眺めていたら、ふと『切手の美』と題名を書いた紙が貼ってある外箱が目にとまった。

うわぁ……。思わず声が漏れそうになった。まさかとは思うが、これが本物だったらすごいことだ。つま先立ちになって抜き取ると値札が貼ってあった。「四〇〇〇円」とある。ざわめく気持ちを抑えながら、うす汚れた外箱をゆっくり開けると布で角背装丁した、碧《あお》い大理石模様の表紙をまとった書籍が姿をあらわした。裸婦を描いたオレンジ色の題簽《せん》が真ん中に貼ってあり「切手の美　服部静夫」、「水曜荘限定版刊行会」と印刷されている。

スゴイ……。値札をもう一度確認した――これは掘り出し物だ。

『切手の美』は昭和二十八年に水曜荘こと趣味人間、酒井徳男が当時の愛書家に向けて刊行した限定一〇〇部の私家版である。丁寧で美しい装丁は青園荘こと内藤政勝が施したもので、序文は少雨荘こと斎藤昌三と神保町の生き字引、古書通信社の八木福次郎が寄せている。かなり力の入った限定版だ。

私家版『切手の美』

著者の服部静夫は昭和三十一年に『郵趣手帖』という雑誌を創刊した著名な切手蒐集家である。本書は切手蒐集の魅力を細かく解説するもので、蒐集の注意点や切手の面白い話が数多く記されている。また実物見本として国内外の切手を数十枚貼付しているのも限定私家版なればこそ可能な特別仕様だ。そしてその内の一枚が「月に雁」なのである。

「月に雁」は昭和二十四年の切手趣味週間に発行された大型記念切手だ。昭和四〇年代の切手蒐集ブームの頃は未使用美品が一枚数万円で取引されていたこともあり、当時の児童漫画にも登場するほど有名だった。例えば、てんとう虫コミックス『ドラえもん』第9巻の「王冠コレクション」ではスネ夫がのび太たちに「月に雁」を一万八千円で購入したと自慢しているシーンが冒頭に登場する。

スネ夫と「月に雁」

近年は当時ほどの高値は付かないが、それでも状態によっては一万円程度の値打ちはあるそうだ。『切手の美』はこの「月に雁」の未使用品を貼付しているのだから、よほどのキズものでない限り軽く四千円以上はするはずなのである。

念のため確認したが、どのページにも切手を剥がしたような跡はなかった。もちろん未使用の「月に雁」も貼ってある。外箱の擦れ、くたびれはあれども書籍自体に瑕疵《かし》は見当たらない。経年変化を考慮しても「美本」として古書業界で扱われるものである。

不思議である。まさか外箱だけ四千円で中身は別料金というオチか。

とりあえずレジに向かった。

「コレ、お願いします」

台の上に書籍を置いた。

店主はそれを受け取ると値札を確認し、台の下を探りながら困った顔で口を開いた。

「申し訳ないんだけど……」

——あぁ、やっぱり物言いがついたか。

店主の反応を見てすぐに諦めがついた。

——まぁ、四千円のはずはないよなぁ。

ところが店主の懸念は値札になかった。

「——今紙袋を切らしていてね。ビニール袋でもいいかい」

「えっ。あっ、はい。お願いします」

なんだかあっけなく『切手の美』を破格の値段で手に入れることに成功したのである。

しかし掘り出し物は意外な場所で見つかるものだ。


インターネットが普及するとネットから古書の検索や在庫確認ができる「スーパー源氏」や「日本の古本屋」などのポータルサイトが登場し、古書探索の手法が大きく変わった。

それまでは状態の良い本をより安く追い求めるため、足繁く神保町に通って古書店巡りをしたり、地方の古書店から目録を取り寄せたりして値段と書籍の状態を調べ上げて比較検討をしたものだ。

今ではポータルサイトで検索をすれば出掛けることなく探している書籍がどの店に置いてあって、どんな状態かを確認できるのである。もちろんまだネットを活用していない店舗もあれば、サイトには載せていない店頭販売のみの書籍もあるので何でもかんでもネット上で済んでしまうわけでもない。だが以前に比べれば古書探索は大変楽になった。

だがその反面、掘り出し物に遭遇する機会もだいぶ減ってしまったと思う。

ネット・オークションとかフリー・マーケットに出品する人や書籍を専門としない古物商たちがポータルサイトを利用して手持ちの古本の相場を確認するようになったのである。

そのため、前述のリサイクルショップのように本来の価値を全く知らぬまま売りに出す人が減ってしまったのだ。

とはいえそれでも掘り出し物は頑張って探せば必ずどこかにあるはずである。雑貨屋さん＝リサイクルショップで『切手の美』が見つかったように、古本は古本屋ばかりにあるのではないのだから。


同様のことは古書蒐集以外でもいえる。

例えば、昭和四十年代に活躍したザ・フォーク・クルセダーズの『イムジン河』という幻のシングル盤がある。発売日直前に諸事情で発売中止となり、回収されてしまったレコードだ。オークションに出品されたものが五十万以上の値をつけて落札されたという話題を少し前にネットで目にしたことがある。おそらく回収されずに流出したものの一部が出てきたのであろう。

僕自身はレコード蒐集に興味がないのだが、実はこの幻のシングル盤を数枚置いてある古書店が神保町にあるのを知っている。しかも状態は未使用、未開封の極美品である。古書店巡りのときに偶然発見し、店主に訊ねたら業界の人が持ち込んだものだと話していた。

現在の相場は分からないが、その古書店では当時一枚二十万円程の値がついていた。

興味のある方は是非ご自身でこの古書店を探し当てていただきたい。
稀少なレコードは中古レコード屋さんばかりに置いてあるわけではないのだ。

（『埼玉県医師会誌』七八六号　二〇一五年九月）

ニイムラさんにも解らないこと

『広辞苑』が十年ぶりに改訂され、第七版となって全国で発売が開始されたと一月十二日のニュースで流れた。少し前に『広辞苑』を編纂した新村出《しんむらいずる》の随筆を紹介したことがあったのでなんだか奇遇である。(1)

岩波書店のチラシや特設サイトによると、今回あらたに一万項目が追加され、合計二五万項目が収録されているそうだ。そして第六版よりも約一四〇ページ増えたにも関わらず厚さはほとんど変わっていないことを特色として説明文の中であげている。「製本機械の限界である八cmに収まるように、さらに薄い紙を開発した結果」だそうだ。

第六版の時も丈夫で透けない、チタン入りの薄い紙を使用していたが、今回はそれを上回る特別な紙をあつらえたということである。

ところで「製本機械の限界」というのは初めて知った。興味深いことである。

手元にある資料やネットで調べたところ、国内で広く使用されている上製本（ハード・カバー）用の製本機械はドイツのコルブス（Kolbus）社製のものがほとんどだそうだ。

そこで同社のホームページから製本機械のデータシート（仕様書）をいくつかダウンロードしてその内容を確認したところ、コルブス社の製本機械が対応できる束厚《つかあつ》（表紙をくるむ前の本の厚み）の最大値は八〇㎜だということがわかった。これが先ほどの『広辞苑』の特設サイトで「製本機械の限界」が「八㎝」であると記した論拠となっているようだ。

むかし聞いた話によると、新聞社では言葉の用法がおかしい原稿はそれを書いた人に突き返し「ニイムラさんに聞け」と指示することがあるそうだ。これは「『広辞苑』をきちんと調べてこい」という意味で、ここでいう「ニイムラさん」とは新村出のことである。きちんと調べろと注文しておきながら「シンムラ」をわざと「ニイムラ」と誤読しているのだ。なかなか洒落ている。

名前の誤読で思い出すのが中学三年の時に経験した恥ずかしいエピソードだ。

当時、赤川次郎の原作で薬師丸ひろ子が主演する青春映画『セーラー服と機関銃』が大ヒットを記録していて、その主題歌もありとあらゆるところで耳にすることができた。僕自身は映画そのものに興味はなかったが主題歌を幾度も耳にするうちにそれがイイと思うようになっていたのである。

しばらくしてそれを作曲したのが来生たかおというアーチストだと知った。そして本人が歌うシングル盤があることを駅のポスターか何かで目にし、購入しようと近所のレコード屋を訪れた。

店に入るとさっそく邦楽コーナーへ行き、「来生、来生。来生たかお……」とつぶやきながらエサ箱（レコードの陳列箱）を漁ったが何故か見つからない。

——有名なのに何でだろう。もう売れ切れちゃったのかな。

確認するために店員さんのいるレジに向かった。

「すいません……」

声を掛けると店員さんが顔を上げた。——眼鏡をかけたヒョロッとした優しそうなお兄さんだった。

「ライセイ・タカオの『夢の途中』というシングルを探してるんですけど」

店員さんはキョトンとした。

――アレッ？　知らないのかな？

「『セーラー服と機関銃』と同じ曲で歌っているのがライセイ・タカオなんですけど……」

すると店員さんが「あぁ～」と大きく頷いた。そして「こっちですね」と僕がさっきまでいた「邦楽のラ行」から「カ行」のエサ箱に導いてくれた。

「あぁ、これだ、これだ……『夢の途中』」

来生たかお（1981）『夢の途中』

——エッ？　何で「カ行」にあるの？

よくわからないうちに店員さんが探し出してくれたシングル盤を受け取った。

確認するとたしかに目当ての『夢の途中』だ。左下に「来生たかお」とある。

そして「来生」の上に「きすぎ」とルビが振ってあるのが目に入り、一気に顔から火が出た。

——ひょえ〜っ！

つい店内を見回してしまった。

——これ「キスギ」って読むのかぁ……。二回も自信満々に「ライセイ」って言っちゃったよぉ。めちゃくちゃ恥ずかしい〜！

気のせいかもしれないけど、洋楽コーナーにいたＯＬ風の女性が何となく笑みを浮かべているように見えた。


この恥ずかしいエピソードのおかげで今では「来生」と書いてあれば「きすぎ」と読めるし、さらに仏教用語としてこれを「らいしょう」と読むことも知っている。(2) ただ、このレコード屋の出来事が実はいまだに僕の中でトラウマになっていることが最近になって判明した。

先日、東京国立近代美術館フィルムセンターで『セーラー服と機関銃』のオリジナル・カラーを復元した「再タイミング版」を今年（二〇一八年）の二月から上映する予定を知って三十数年振りにレコード屋さんで「来生たかお」を誤読した時の恥ずかしい思い出がよみがえったのである。

「聞くは一時の恥。知らぬは一生の恥」ということわざがあるが、「知る」過程で恥ずかしい思いをすると、その知識を引き出すたびにその当時の恥ずかしさを思い出してしまう——「知るも一生恥ずかしい」——というケースもあるようだ。

今ではそうならないように見慣れない用語に遭遇すると「ニイムラさん」に聞くようにしているが彼も決して完璧ではない。「ニイムラさん」にも解らないことだってあるし、説明が正確でないこともある。

そう考えると「ニイムラさん」ばかりではなく、わからないことは「シンカイさん」[3]や「ニッコク」[4]にも相談をした方が良いかもしれない。

ニイムラ、シンカイ、ニッコク。三人寄れば文殊の知恵だ。

（1）小暮太郎（2018）『晴耕雨医の村から』パレード　三二三ページ掲載「良訳口旨し」。
（2）「来生《らいしょう》」とは未来の世界に転生すること。
（3）「シンカイさん」は三省堂の『新明解国語辞典』の愛称。
（4）「ニッコク」は小学館の『日本国語大辞典』の愛称。

（『埼玉県医師会誌』八一六号　二〇一八年三月）

本のバーコード

最近、本のシマシマが気になる。
新刊本の裏表紙に表示されているバーコード。あれだ。

このシマシマは書籍ＪＡＮコード[1]と呼ばれる商品識別に用いられるバーコードで、上下二段構成となっている。上が国際的に割り振られるＩＳＢＮ[2]で、下の方が日本独自の図書分類コード（通称Ｃコード）と税抜きの本体価格を表している。

ＩＳＢＮは「９７８」から始まる番号で、次の一桁は言語圏を表している。日本語の場合は「４」だ。次の八桁の中に出版社記号と書名記号が含まれている。最後の一桁はバーコードの読み取りエラーがないことを確認するためのチェックデジットである。

二段目は「１９２」で始まり、次の四桁が図書分類コードを表している。

図書分類コード四桁のうち一桁目は販売対象、二桁目は発行形態、そして残りの二桁は内容を表す。（詳しくは文末を参照のこと）

そしてこれに続く五桁の数字が税抜きの本体価格を表し、最後の一桁がチェックデジットである。

こう説明を連ねるとあたかも本のシマシマに精通しているようだが四、五年前まではこんなものに全く興味がなかった。

気になりだしたのは版元シュリンク[3]に包まれたコミックスの裏表紙にバーコードが表示されていないことに気づいてからである。この場合、書籍ＪＡＮコードが印刷されたシールがシュリンクの表面に貼ってあるのだ。本を読む時にシュリンクごと剥いで破棄することになるわけだが、書籍ＪＡＮコードは購入手続きの時だけにあれば良いので構わないのである。

蔵書をバーコードで管理する愛書家がいるという話を聞いたこともあるが、そういう人以外は本のバーコードに用はない。むしろ裏表紙にシマシマがない方がデザイン的にスッキリとして良さそうである。

——でもそう言えば……。

夏葉社という出版社が刊行する書籍のことが頭に浮かんだ。

マラマッドの『レンブラントの帽子』、関口良雄の『昔日の客』、上林暁の『星を撒いた街』や『故郷の本箱』、埴原一亟《はにはらいちじょう》の『古本小説集』などなど。二〇〇九年に吉祥寺で開業してから夏葉社はいくつもの名著を復刻してきた。そしてこれらの裏表紙はいずれもあるべきところにシマシマが表示されておらずスッキリとしている。

そしてバーコードは本のオビの方に印刷されているのだ。

——これ、大丈夫なんだろうか。

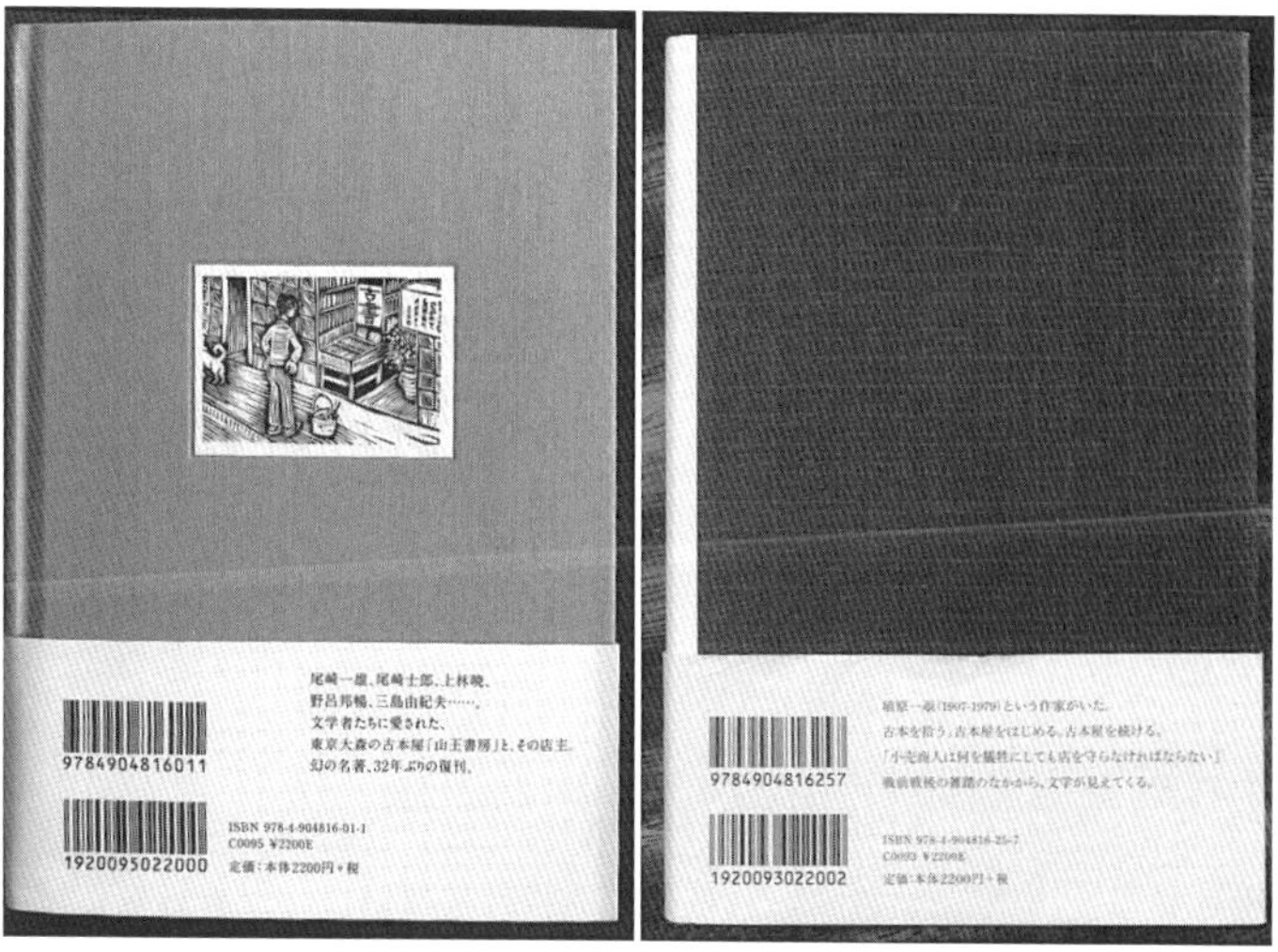
尾崎一雄、尾崎士郎、上林暁、
野呂邦暢、三島由紀夫……。
文学者たちに愛された、
東京大森の古本屋「山王書房」と、その店主。
幻の名著、32年ぶりの復刊。
9784904816011
1920095022000
ISBN 978-4-904816-01-1
C0095 ¥2200E
定価：本体2200円＋税
9784904816257
1920093022002
古本を拾う、古本屋をはじめる、古本屋を続ける。
戦前戦後の雑誌のなかから、文学が見えてくる。
定価：本体2200円＋税
オビにバーコードが表示されている夏葉社の書籍

書店に置いてある書籍でも、そのオビが外れていたり、折れ曲がっていたり、ちぎれていたりするのは珍しいことではない。本のオビなんて毀損されやすい部品ナンバーワンなのである。そんなところに会計に必要なシマシマを配置するのは危うい気がする。実際、近所の書店で平積みされていた夏葉社の『昔日の客』のオビが外れかかっているのを目にして、つい老婆心ながら巻き直したこともある。

いったいシマシマの表示の仕方に決まったルールはあるのだろうか。日本図書コード管理センターが発行している『ISBNコード/日本図書コード/書籍JANコード利用の手引き 二〇一〇年版』[4]には表示方法のルールを制定するにあたってその意義を次のように記している。

> 日本図書コードと書籍JANコードには表記方法に厳密なルールがあります。特に2段バーコードで表現する書籍JANコードはPOSレジ端末を始めとする光学機器読み取り可能な諸条件を順守しなくてはなりません。——書店の棚在庫書籍のたな卸し業務に際しても適した位置とされていますので、ご理解の上厳守してください。

ＰＯＳレジ端末は商品（書籍）の購入時にバーコードを読み取ることによって効率よく商品の在庫や販売情報を管理することを可能にするシステムだ。そして利用手引きには読み取りやすいバーコードの表示条件を次のように指定している。

〈表記の位置〉

・書籍出版物の最も外側（カバーやブックケースがあれば、それが最も外側）の裏表紙

・書籍ＪＡＮコード（２段バーコード）のルール

①表記・印刷は「白地にバーコードをスミ（墨）のせ」を原則とし、表記の位置は裏表紙の上部の左右いずれかの指定位置。

②印刷面にデザインなどで地色や絵柄がある場合は、規定に従って白地の窓あけをしてバーコードを印刷する。

③バーコードの記載・表示位置（裏表紙）

・バーコードの始まり（端）まで、背（綴じ側）から12ミリ。

・バーコードのバー上端まで天から10ミリ。

・バーコードの配置変更や拡大・縮小は不可。

あらためて夏葉社の書籍を取り出して確認すると、まずオビにバーコードを配置している。これはたしかに書籍の最も外側――カバーよりもさらに外側――ではある。しかし、そこに地色があっても白地窓あけはしていない。また、POS端末で読み取りやすい位置にあるわけでもない。読み取りやすくするためには帯は本来、書籍の上の方に巻いていなければいけないのだ。大分イレギュラーな表記の仕方をしているようだ。名著復刻ということで昔ながらのデザインを重視したのか、単にアウトローなのか、本意はわからないが大手出版社が積極的にやらないことをやっているという意味では面白い。

縁があってあるデザイン制作会社が創立三十周年を記念して出版した『三〇周年大百科』という非売品の書籍を入手した。

一九八七年に三人で会社を立ち上げてから三十年の間に関わってきた人々の思いと言葉をまとめた、社史を兼ねた本である。四六判で約一〇〇〇ページ、厚さ四・五cmとかなり分厚い作品だ。

ある会社の創立三十周年記念出版

デザイン制作会社が制作しただけあって、なかなか素敵な一冊である。[5]

奇妙な書籍 JAN コード

本書は非売品にもかかわらず、裏表紙に書籍ＪＡＮコードが表示されていることに気付く。下段には「1921987000304」とある。最初の「１９２」は固定値だ。そして次の四桁の図書分類コードを確認すると、一桁目の「販売対象」は「１教養」、二桁目の「発行形態」は「９コミック」、そして最後の二桁の「内容」は「87各国語」となっている。つまり実際の内容と全く違う分類がされているのだ。そして価格は「００３０」つまり「30円」だ。あまりにも安価である。

数字を眺めると判るが実はこの部分は製作者が仕込んだお遊びで、創業の「１９８７年」と「30周年」をコードの中に含めているのである。

上段のＩＳＢＮもよく見ると工夫が加えられている。

十三桁の数字「9784865223330」のうち、最初の四桁、「９７８」と「４」は固定されている。その次の「８６５２２」が出版社記号だ。書名記号はその次の三桁で「３３３」である。ここもきっと下段のように「30周年」にちなんで書名記号「０３０」を使いたかったと想像できる。だが既に違う図書で登録してあるので使用できなかったのだ。(6) そこでチェックデジットが「0」となるように書名記号を「３３３」とし、最後の二桁が「３０」となるように工夫したようだ。

エンドユーザー（一般読者）のほとんどからすれば全く用のない本のシマシマ。でも中にはこういう楽しみ方ができるものもあるのだ。

今後そこにゾロ目やキリ番（キリの良い番号）、円周率、フィボナッチ数列等々、何かしら規則性のある数字があれば、それが偶然なのか、意図があるのか、ちょっと追及するのも面白いかもしれない。

補足：図書分類コードが表すもの

C7095 (①② ③)

192 7095 01234 5 (固定値 ①② ③ 価格 チェックデジット)

① 第1桁（販売対象）

コード	内容
0	一般
1	教養
2	実用
3	専門
4	検定教科書
5	婦人
6	学参Ⅰ（小中）
7	学参Ⅱ（高校）
8	児童
9	雑誌扱い

② 第2桁（発行形態）

コード	内容
0	単行本
1	文庫
2	新書
3	全集・双書
4	ムック・その他
5	事・辞典
6	図鑑
7	絵本
8	磁性媒体など
9	コミック

③ 第3桁（内容）

コード	内容	コード	内容	コード	内容
00	総記	39	民族・風習	71	絵画・彫刻
01	百科事典	40	自然科学総記	72	写真・工芸
02	年鑑・雑誌	41	数学	73	音楽・舞踊
04	情報科学	42	物理学	74	演劇・映画
10	哲学	43	化学	75	体育・スポーツ
11	心理（学）	44	天文・地学	76	諸芸・娯楽
12	倫理（学）	45	生物学	77	家事
14	宗教	47	医学・歯学・薬学	79	コミックス・劇画
15	仏教	50	工学・工学総記	80	語学総記
16	キリスト教	51	土木	81	日本語
20	歴史総記	52	建築	82	英米語
21	日本歴史	53	機械	84	ドイツ語
22	外国歴史	54	電気	85	フランス語
23	伝記	55	電子通信	87	各国語
25	地理	56	海事	90	文学総記
26	旅行	57	採鉱・冶金	91	日本文学総記
30	社会科学総記	58	その他の工学	92	日本文学詩歌
31	政治・含む国防軍事	60	産業総記	93	日本文学、小説・物語
32	法律	61	農林業		
33	経済・財政・統計	62	水産業	95	日本文学、評論、随筆、その他
34	経営	63	商業		
36	社会	65	交通・通信	97	外国文学小説
37	教育	70	芸術総記	98	外国文学、その他

（1）Japanese Article Number：日本商品識別コード

（2）International Standard Book Number：国際標準図書番号

（3）小暮太郎（2018）『晴耕雨医の村から』パレード　二四三ページ掲載「版元シュリンク」参照。漫画単行本を包むシュリンク（フィルムパック）は書店で掛けるのが一般的であるが、講談社は自社でシュリンク掛けしたコミックを書店に納品している。版元で行なうことから「版元シュリンク」と呼ばれている。

（4）本書の改訂版が二〇一九年一月に発表された。

（5）二〇一八年度、日本グラフィックデザイン年鑑入選作品でもある。

（6）書名記号は出版社が任意の数字を割り充てることができるが「030」は同社が発行した『ちゃぶ―出会いから、永遠の別れまで―』（ISBN-978-4-86522-030-8）ですでに使用済みであった。

（『埼玉県医師会誌』八二二号　二〇一八年十月）

国語辞典『大語海』

「いやぁ、今年の夏は暑いねぇ」

かかりつけの患者さんが額の汗を拭いながら診察室に入ってきた。

「先生は今日もバイクかい」

「えぇ」

天気のいい日はオートバイで出勤していることを知っているのである。

「やっぱりバイクだと晴れてる日は暑くても気持ちいいんかねぇ」

右手で拳を作り、肩の高さでクイックイッとアクセルを捻る仕草をした。

「いやぁ、動いている時はいいんだけどね……僕のはすり抜け出来ないから渋滞ん時はやっぱりキツイですよ」

「へー、そうなん」

「ついこの前も事故で高速道路が全然動かないことがあってね。上は太陽、下はエンジン。暑くて汗がダラダラ出てるのに水も飲めず……やっとサービス・エリアに辿り着いた時にはもうヘラヘラしちゃって——かなり危なかったですよ」

「……暑さで頭おかしくなっちゃったんだ」

「えっ？」

「いや『ヘラヘラ』って」

「あ、間違えた。『ヘロヘロ』の『フラフラ』だった」

「フフフッ。まだ呂律が回ってないんじゃない」

「フフッ。だいね」

外来診療中のちょっとした雑談だったけど、ふと昔あった『大語海《だいごかい》』というパロディ本のことを思い出した。

中学三年生の頃、友人に勧められて購入した書籍で、表紙には『ビックリハウス版国語辞典　大語海』とある。(1) 当時人気のあったサブカル雑誌『ビックリハウス』(2) から派生したエセ国語辞典だ。題名に「国語辞典」とあるが、掲載語句は全て駄洒落をベースにしたギャグである。

例えば本書には次のような項目が掲載されている。

・アルキメデス――ゲゲゲの鬼太郎のお父さん。歩き回る目玉だから。
・ゴキブル――台所を漁る。
・ムロロン――強い肯定。「無論」と「勿論」を掛け合わせたもの。

『大語海』

雑誌『ビックリハウス』は一九八五年に実質上廃刊となっているので『大語海』の改訂版が今後出る可能性はかなり低いと思うが、今でも時々そこに掲載しても良さそうなオモシロ表現や語句を外来で耳にすることがある。その中から特に印象に残ったものをいくつか紹介したい。

〈首を吊る〉

昔から気になっているのだが、頚椎を牽引することを「首を吊る」と言う患者さんがけっこういる。外来でこれを耳にするたびにもうちょっと穏便な呼び方ができないものだろうかとしみじみ思う。

先日もかかりつけの男性が診察室に入って来るなりこう放った。

「ここんところずっと農家が忙しくってねぇ。(3)死ぬほど肩が凝って容易じゃなかったんで近所の接骨で首吊ってきたんよ」

——どんな嫌がらせだよ。

ツッコミを入れようと思ったけど我慢してじゃれてみた。

「ははぁ、なるほど。でも成仏できなかったんですね……ナンマイダ、ナンマイダ」

右手で拝みながら首にぶら下げている聴診器の管を左手で持ち上げて先端のベルを鈴のように振ってみせた。

男性は一瞬キョトンとしていたがすぐ気付いて腹を抱えて笑った。

「てぇ、こりゃあたまらん」

それ以来、彼は首を牽引することを「首を引っ張る」と言うようになった。

——フフフ。結果オーライだ。

〈耳鼻肛門科〉

初診でいらした八〇代後半の女性。

数日前にめまいがしたので普段かかっている近所の内科に行って相談したところ、頭と耳を調べてもらった方が良いと言われたのだそうだ。

「脳外科と耳鼻肛門科に診てもらえって言われてね、まずハァ、センセんとこ来たんよ」

「……『耳鼻咽喉科』ですよね」

老婆心ながら訂正してあげたが耳が少し遠いようで、上手く伝わらなかったようだ。

検査後に脳外科的には問題はないことを説明すると再びこうお話されていた。

「じゃあ、これからハァ耳鼻肛門科に行ってみるかね……Fセンセのところでいんかい？」

「イヤイヤ、F先生んとこは肛門科だから……。耳鼻科に行ってください」

「てぇ、耳鼻肛門科じゃなくていんかい？」

……やけにお尻にこだわるなぁ。

「――頭足類じゃないんだから、耳とお尻は離しといて大丈夫ですよ」

悪いくせで、つい変なツッコミを入れてしまった。

「てぇ、そうなん？」

何はともあれ、最後は耳鼻咽喉科に向かってくれたようで安心した。

〈ヘイヘイホー〉

「センセ、この前大変だったんよ」

かかりつけの患者さんが診察室の椅子に腰掛けながら切り出した。

「朝早く起きてハウスで作業していたら途中で気持ち悪くなってね。冷や汗が出てきたんで、こりゃまずいと思って外に出たんさ」

「熱中症ですかね」

「そう思ったんで木の下でね、水を飲んだり、タオルを絞って首に当てたりね……」

片手で首を拭う仕草をした。

「でも、こりゃあ駄目だと思ったんでその日はもう作業を放って帰ったんよ」

「へー、でもいい判断でしたよ」

ここのところ毎年熱中症で倒れる人の話が出るので大事に至らなくて良かった。

「もうヘイヘイのホーさね」

「……何すかその与作の掛け声みたいなの」

「だから、ヘイヘイの……あ、違う。ホーホーのテー（這う這うの体）だ」

「……」

一瞬の間を置いて二人とも吹き出してしまった。

―ユーモアとは予期せず、緊張から解放される驚きである―

哲学者のトマス・ホッブスや精神分析医のシグモンド・フロイトの言葉をまとめるとそういうことになるが、たしかにそうだと思う。

ダジャレや川柳、親父ギャグ。

昨今、こういう類のものをじっくり鑑賞する機会が昔に比べだいぶ減ってしまった。『ビックリハウス』は先ほど〈実質上廃刊〉と書いたが公式には休刊という扱いである。実際、二〇〇四年には生誕三〇周年を記念して特別に『ビックリハウス　一三一号』が発刊されているし、今でも毎年『御教訓カレンダー』というパロディ日めくりカレンダーが発売されている。やはりここは是非『大語海』の復刻改訂版の発行も前向きに検討していただきたいものである。

―パルコ出版さん、よろしくお願いいたします―

（1）エンジンルーム編（1982）『大語海：ビックリハウス版・国語事典』パルコ出版
（2）パルコ出版から一九七四年から一九八五年まで全一三〇号刊行。
（3）医院の周辺では農作業のことを「農家」と表現する方が多い。

（『深谷寄居医師会報』一八三号　二〇一八年八月）

無料病床

今年の十二月にアカデミー賞女優のメリル・ストリープやエマ・ワトソンなどが出演する映画『若草物語』がアメリカで公開される予定だそうだ。監督は昨年アカデミー監督賞にノミネートされた史上五人目の女性として話題に上がったグレタ・ガーウィッグ。古くからある児童文学の名作をそんな彼女がどう仕上げたか、興味あるところだ。『若草物語』といえば子供のころ何度もテレビで観た一九四九年の作品が深く印象に残っている。おかげで今でもエイミー・マーチ——あのオマセでワガママな四女の名を聞くと、若かりし頃のエリザベス・テーラーをつい思い浮かべてしまうのだ。

原作者のオルコット（Louisa May Alcott：ルイーザ・メイ・オルコット）は十九世紀半ばに活躍したアメリカ東部の女流作家で、当時から作品数が多いことで知られている。

フローラ・フェアフィルド（Flora Fairfield）やA・M・バーナード（A.M. Barnard）のペンネームで詩や冒険物の短編を執筆する他、実名で新聞記事なども手掛けた。また南北戦争の頃は北部側の看護師として参加し、その経験を元に『病院スケッチ』を執筆している。

そんなオルコットに特別傾倒しているわけではないが、数年前に大変珍しい作品をそうと知らずにアメリカの古書店に譲ってもらったことがある。わずか数ページの短編で題名は『A Free Bed』[1]。邦題をつけるのならばその内容から『無料病床』といったところだ。

本邦未発表のオルコット作品

調べる限り本邦未発表で、本作品の存在そのものを知っている人は世界でもそう多くはないようである。実際ネットで閲覧可能なオルコットの著書リストを調べても本作品を掲載しているものはないのだ。唯一、本書に関する記載を確認できたのは二〇〇一年にアメリカで出版された『オルコット百科事典』だけである。(2)

短編の内容はこうだ。

ある病院に入院中の二人の女性、ミセスMとミセスC。ともに睡眠障害とノイローゼで療養中である。ミセスCはしばらく前から自ら考案した「free bed」と呼ぶ治療法を実践しており、だいぶ調子良さそうにしている。それをやりだしてから塞ぎ込むヒマもなくなったとうそぶき、興味津々のミセスMにその秘訣を伝授するのである。

決して複雑なことをするわけではない。病院にお願いして自分の病床《ベッド》とは別に病床をもう一つ借りて、入院を必要とする恵まれない境遇の人々にそれを無償で提供するのである。すなわち入院費の肩代わりだ。そしてその患者さんが必要な日用品や励ましの手紙、入院中に読む本――子供ならオモチャなど――を贈ってあげたり、文通をしたりしてその人の入院生活を支えてあげるのである。

これを何件か続けるうちに自分の悩みなんて実は大したことがないと感じるようになるのだ。そして送られてくる感謝のメッセージを目にすると、自分のような者でも人の為になっている、必要としてくれる人がいる――そう思うようになり自己肯定から自信へと繋がるのである。たしかに塞ぎ込んでいるヒマなんてないのだ。

本作品の原稿は一九六〇年頃、アメリカのマサチューセッツ州ウェルスリー市にある古民家の屋根裏部屋に放置されたトランクの中から発見されたそうだ。その後二回の競売を経てオルコット研究者のマデライン・スターン（Madeleine Stern）が館長を務めるユタ州にあるブリガム・ヤング大学の図書館に収まったのである。そしてスターンによって本稿はオルコットが一八八六年に体調を崩して睡眠障害とノイローゼで知人の病院に入院した時の経験を元に一八八七年に執筆した作品だということが解明されたのだ。

その後、本作品が特別話題になることもなかったがスターンはこれに序文と注釈を加え、オルコットの没後九〇周年を記念して一九七八年にBird《バード》 &《アンド》 Bull《ブル》 Press《プレス》というプライベート・プレスから限定三五〇部の私家版として発行したのである。これが『A Free Bed』の初出版となった。

オルコットのファンでもないのにどうしてこのような珍しい書籍を持っているのかというと、僕がそれを発行したプライベート・プレスの筋金入りのコレクターだからだ。

Bird & Bull Pressはヘンリー・モリス（Henry Morris）という一人の職人がペンシルバニア州の自宅で運営していたプライベート・プレスである。発行する書籍の品質のみならず、扱う内容の面白さにも定評があり、多くの愛書家たちに好まれ、世界中で高く評価されている印刷工房だ。そういうところに惹かれて蒐集を始め、今では創業の一九五七年からモリスが引退を宣言した二〇一三年までの五十六年間にこの工房が発行した印刷物のほぼ全て――約二〇〇点――と関連資料を多数保有するに至っているのである。

有名作家の死後、大分あとになってから未刊の作品が見つかるケースは少なくない。中には藤沢周平の無名時代の短編作品(3)やマーク・トウェインの自伝(4)のようにメディアに大きく取り上げられるものもあるが、全く話題にならない大発見も案外多いのではないかと思う。

『A Free Bed』も陽の目を見ることなくユタ州の図書館の資料室で死蔵となっていた可能性があったがスターンのおかげで限定部数とはいえ、幻の作品が表に出てきたのである。

また、それを発行したのがBird & Bull Pressでなければ僕がその存在を知ることも入手することもなかったはずである。複数年にわたる様々な偶然の積み重ねによって今回、ガーウィッグの『若草物語』が話題にあがった時、この珍しいオルコット作品を思い出して本誌で紹介するキッカケができたのだ。

オルコットは自身の経験を元に数多くの作品を執筆してきたそうだが、実際のところいつ、どこで何が話しのネタになるかわからないものである。

（1）Louisa May Alcott (1978) *A Free Bed*. Bird & Bull Press
（2）Eiselein & Phillips (2001) *The Louisa May Alcott Encyclopedia*. Greenwood Press
（3）二〇〇六年に無名時代の短編が十四編発見され、数ヶ月に渡って『オール讀物』に掲載された。後に『未刊行初期作品集』として文藝春秋社より刊行されている。
（4）複数巻からなるトウェインの自伝は本人の遺言により死後一〇〇年経た二〇一〇年まで公にすることができなかった。

（『埼玉県医師会誌』八三六号　二〇一九年十一月）

カナリアのように

——they'll be singing like the largest canary you've seen in a lifetime——

Michael Avenatti(1)

「sing like a canary」——カナリアのようにさえずる。

アメリカの刑事ドラマなどで良く耳にする表現だ。容疑者が捜査官に知っている情報を何でもペラペラ白状する行為を指す。ピーチクパーチク——カナリアはそれだけ饒舌にさえずるイメージがある。

十七世紀のヨーロッパではそんなカナリアを籠にいれて飼うのが富裕層の間で流行したそうだ。異国の小鳥のさえずりを自宅にいながらにして愉しむことが一つのステータスと考えられていたのである。

はじめの頃は原生地の北アフリカ、大西洋沖にあるカナリア諸島から直接野生種を取り寄せるのが一般的だった。しかしより良い歌声を求めて品種改良をするようになり、次第にヨーロッパ中で繁殖と飼養が行われるようになったのである。現在、様々な色や模様、音色を持つカナリアの品種が存在するのはそのおかげだ。

「カナリア・イエロー」という言葉があるくらい我々はカナリアと聞くと黄色い小鳥を連想するが、原種はくすんだ黄緑色で背中に茶色の縞模様が入った小鳥である。意外なことに我々がイメージする黄色い品種は繁殖される中で生み出されたレモンカナリアと呼ばれる飼養種だったのである。

原種がヨーロッパに持ち込まれた当初はこの小鳥に決まった名称はなく、「カナリア諸島の鳥」と紹介されていた。それが流行と共に省略され、そのまま一般名として定着していったのである。なので本来「カナリア」という言葉は鳥を意味しない。

「カナリア」の語源である「canarius《カナリウス》」はラテン語の「canis《カニス》」から派生した形容詞で、英語の「canine」と同じく「犬」を意味するのである。

カナリア諸島とはすなわち「犬の諸島」という意味なのだ。

これは諸島最大の島――現在のグラン・カナリア島――に大型犬の群れが生息していたという伝承が名前の由来になっているというのが通説である。島の近くを航海する船舶からも群れで吠える様子が聞こえたため古代ローマ人たちに「Insula《インスラ》 Canaria《カナリア》」――犬の島――と命名されたそうだ。

この大型犬の話は古代ローマの博物学者、大プリニウスが著した『博物誌』にも登場する。(2) それによるとモーリタニア国王のユバ二世が派遣した探検隊がそこで大型の犬の群れと遭遇したとある。そして彼らはそのうちの二匹を捕らえ、王の元に連れて帰ったのだそうだ。

この伝承にもとづき、カナリア諸島の州旗(3)にも描かれている紋章には二匹の犬が盾と王冠を挟んで向かい合わせに配置されたデザインとなっている。もちろん小鳥はどこにも描かれていない。

興味深いことに、近年の考古学調査ではこの島に大型犬が生息した痕跡は見つかっていないそうだ。

カナリア諸島の紋章

そして最近の見解では、古代ローマ人が大型犬だと認識していた動物が当時この海域に生息していたアザラシ（地中海モンクアザラシ）だったのではないかと考えられているのである。

「カナリア」――小鳥を想像するけど実は犬……でも本当はアザラシ。

二転三転とひねりの効いた話である。将来「大型犬がアザラシ」説がスタンダードとなったら、カナリア諸島の紋章の犬がアザラシに描き換えられることになるかもしれない。

そうなったら愉快な話である。

切手に描かれた地中海モンクアザラシ

昨年、ある製薬メーカーから「カナリア」という新薬が販売されることを知り、その名称で承認が取れたことにびっくりしたことがあった。以前から新薬が出るとその販売名の由来を推測することに興味があったので、薬事法によって使用できる名称のルールが定められていることを知っていたからである。

例えば薬事法では次のような名称を医薬品に使用することは認めていない。

・品位に欠く名称
・既承認品目と同一の販売名
・医薬品以外のものと誤解されるおそれのある名称
・外来語としての意味を有する名称

紹介された新薬の「カナリア」は既存の医薬品を二種類組み合わせた配合剤で、その名称も元となる医薬品それぞれの名前の一部を組み合わせたものとなっている。配合剤の命名方法としてこれはどこのメーカーでもやっている手法なので問題はなさそうだ。だが今回はそれをやった結果、一般名詞として存在する言葉になってしまったのである。

先に述べたように薬事法のルールでは「外来語としての意味を有する名称」は使ってならないことになっているが、これはそれに抵触しないのだろうか。医院に出入りするメーカーの担当者にも尋ねてみたが彼もまた「いやぁ、不思議ですよねぇ」と首をかしげるばかりである。

その後もずっと気になっていたが、ある日この新薬の英語の綴りが「CANALIA」（小鳥の名称は「CANARIA」）であることに気づいた。

――あぁ、この綴りならば「外来語として意味を有す」ことはないな……。
勝手な推測だが合点がいく。きっと「R」ではなく「L」――アルファベットで一文字違うからこそ、この名称での登録が認められたのではないだろうか。

「カナリア」に関しては他にもいくつか面白い話がある。
・教育テレビ番組の『セサミストリート』に登場するビッグバードというキャラクターが実は巨大なカナリアだということ。
・ブラジルのサッカー代表は元々白いユニフォームだったが「マラカナンの悲劇」をきっかけに黄色いユニフォームの「カナリア軍団」になったこと。
・有毒ガスを検知する「炭鉱のカナリア」が一九八六年まで活用されていたこと。
・カナリアは唐辛子を摂取すると色が変わること。

などなど。「カナリア」はこのようにどんどん話を広げていくことができるネタの一つなのである。誌面の都合上すべてを紹介することができないが、機会があればいつかカナリアのようにペラペラお話をしてみたいものである。

（注）本稿の執筆に関して開示すべき利益相反関連事項はありません。

（1）Michael Avenatti（マイケル・アベナティ）：トランプ大統領のスキャンダルを追求する弁護士の一人。早い内からトランプ側の弁護士や関係者が司法取引に応じて寝返ると予想していた。

（2）大プリニウス『博物誌』第六巻三十七章。

（3）カナリア諸島は七つの島からなるスペイン領の自治州である。

（『埼玉県医師会誌』八二二号　二〇一八年九月）

そして——27文字目

原著がドイツ語で書かれているため入手を躊躇し続け、読みたくともずっと読めずにいた一九五三年の文献が昨年ようやく英訳された。

原題は『Formenwandlungen der Et-Zeichen』。直訳すると『et-記号の形の変遷』である。

「et-記号」（Et-Zeichen）とは「&」記号のことだ。これは「アンド・マーク」と一般的に呼ばれているが、英語圏での正式名称は「アンパサンド」である。したがって、英訳された書籍の題名は『A brief history of the ampersand』（アンパサンドの略史）だ[1]。

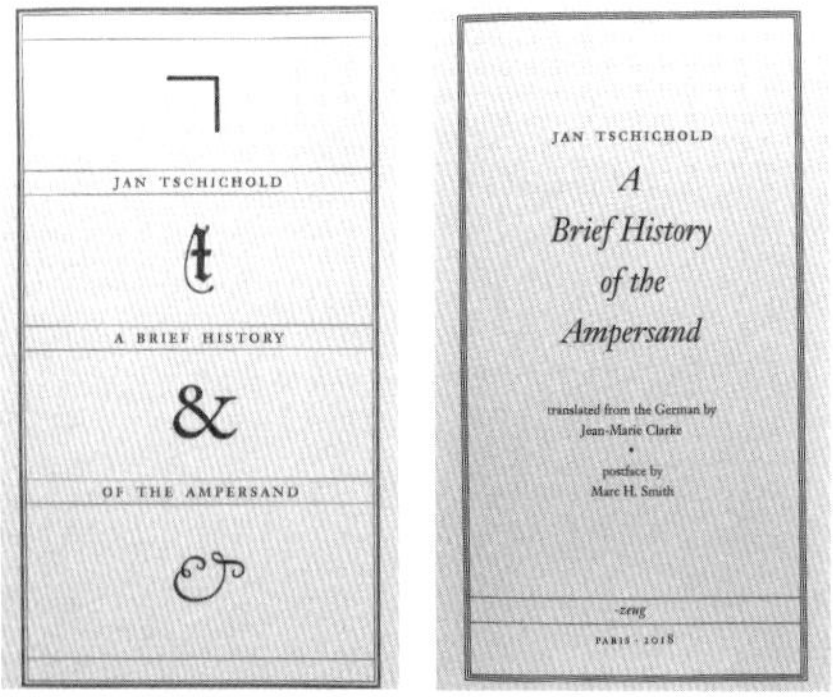

英訳本の表紙と扉

著者はヤン・チヒョルト（Jan Tschichold）。ドイツ出身の著名な文字デザイナー（タイポグラファー／カリグラファー）及びブックデザイナーだ。本好きの方なら馴染みがあるかもしれないが、イギリスのペンギンブックス社のカバーデザインと文字組のルールなどは彼が一九四九年頃に確立したものである。(2)

本書はアンド・マークがどのように表記されていたか、過去の書物を幅広く調査し、その変遷を文字デザイナーの立場から解説したものだ。いま読むと近年の解釈と異なる点がいくつか見られるが、それまでアンド・マークの形状について考察した文献は他になく、当時としては画期的な試みだった。

チヒョルトはアンド・マークに二つの起源があると述べている。一つは「and」を意味するラテン語「et」の「E」と「T」二文字の合字から発展した「&」系のもの。そしてもう一つが「and」を表す古代ローマ時代の速記符号「ㄱ」を起源とするものだ。「ㄱ」は古代ローマの政治家キケロの書記官ティロが速記用に考案したチロン記号の一つで、現在はこれも「&」同様「E」と「T」が元になっていると解釈されている。

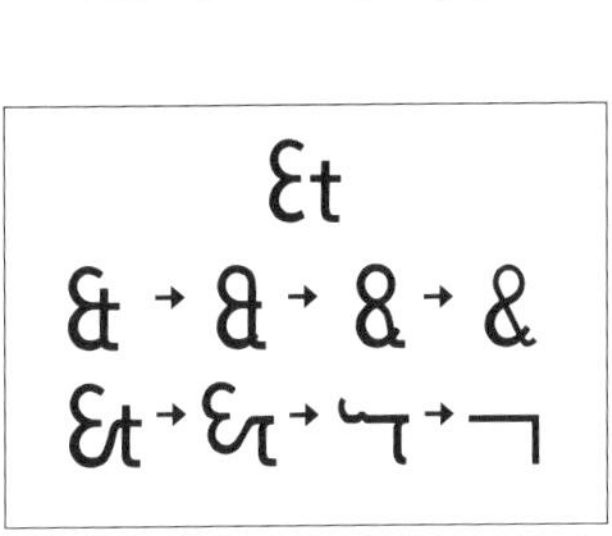

「E」と「T」から「&」と「ㄱ」

いずれも「and」を表す以外に文字列「et」を短縮する目的で使用されることがあり、過去には「and」に相当するアイルランド語（ゲール語）の「agus」や古英語の「ond」の短縮形として使用されることもあった。

debet = { deb& / deb¬

etc = { &c / ¬c

文字列「et」を短縮[3]

sond = s¬

文字列「ond」を短縮[4]

ドイツでも十九世紀頃まで「etc」をゴシック体で「¬c」と表記していた記録はあるが、概して他の国ほどアンド・マークは普及しなかったようである。昔は「A. Lange《ランゲ》 &《ウント》 Söhne《ゼーネ》」というようにお店の看板や企業名に使われる程度であった。

何故チヒョルトが母国語であまり使わない文字にこだわり、その形状を探求したのか、ちょっと不思議である。チヒョルトの父親は看板職人だったそうなので、もしかしたらその仕事場を介してアンド・マークと触れる機会があったのかもしれない。

冒頭にもあるように、アンド・マークは正式にはアンパサンドという。

僕がそれを知ったのはマイアミに住んでいた小学校五年生の時だ。ある時、新聞のコミック欄を読んでいたら変わった記号が目に入ったので近所に住むミスター・ビルと呼んでいた仲の良いおじさんに聞いてみたのである。

手書きに多い
アンド・マーク

「ねぇ、ミスター・ビル。アンド・マークってドル・サイン（$）のような書き方をすることもあるよね」

「ん？　ああ、丸っこいEに縦棒を加えた形ね」

「……でもandなのになんでEなんだろう」

「andはね、ラテン語でetって書くからさ」

「ふーん」

ミスター・ビルは続けた。

「……アンド・マークって本当はアンパサンドというんだよ」
「へー、電気みたい」
「アンペアか……そうだね、フフ」
「学校じゃみんなアンド・マークっていうよ」
「じゃあ、本当の名前を知ったのは君が最初かもね」
「……アンパサンドかぁ」

それから数十年。マイアミを離れ僕は立派なオタクになった。そして今ではアンパサンドという名称の成り立ちに面白いいきさつがあることも知っている。

我々が現在使用する英語のアルファベットは二十六文字から構成されるが、十一世紀頃は二十九文字で構成されていたのだ。

当時は「J」、「U」、「W」の三文字がない代わりに「Æ《アッシュ》」、「Đ《エス》」、「Þ《ソーン》」、「ƿ《ウィン》」、「⁊《エット》」、「&《アンド》」の六文字が存在したのである。うしろの二文字はチヒョルトの書籍にも登場するアンド・マークで当時は使い分けされていた――「&」は今と同じように「and」として使用され、「⁊」は文字列「ｅｔ」を短縮する目的で使われたのである。

十三世紀頃には「J」、「U」、「W」が加わり、「&」以外の文字は使われなくなった。そして英語アルファベットはそのまま一八三五年まで「&」を含めた二十七文字で構成されていたのである。

1835年頃のアルファベット

当初この二十七文字目の「&」は単に「アンド」と呼ばれていた。

そして当時のアルファベットを学校で教える時、最後は現在のように「……X, Y, and Z」ではなく「……X, Y, Z, and &《アンド》」と読み上げていたのである。そのうち少し洒落た言い回しをするようになり、これを「……X, Y, Z, and《アンド》 per se《パーセ》, &《アンド》」と読み上げるのが一般的となったのだそうだ。

ここで使われる「per se」は「by itself」（それ自身で）という意味のラテン語表現である。

そしてこのフレーズが定着すると「Z」に続く文字、「&」がすなわち「and-per-se-and」であると認識されるようになり、いつしか「ampersand《アンパサンド》」という名称が生まれたのだ。

蛇足であるが、フランス語でも同様の経緯で「&」を「esperluette《エスパールエット》」と呼んでいる。これは「and per se, &」に相当するフランス語「et par lui, &《エ パー ルイ エット》」が語源となっている。

実は本稿準備中に冒頭の書籍がすでに二〇〇七年に和訳されていたことを知ってびっくりした。雑誌『アイデア』三二一号（二〇〇七年三月）にヤン・チヒョルト特集の付録として同梱されていたのだそうだ。さらに今回、入手した英訳本を読み終えて思ったのは、原著もおそらく辞書片手で読破できたはずだったということである。あまり難しい内容ではなかったのだ。

色々気付いていればもっと早い段階で読めていたことが判明して少しショックだったが、今回の訳本には原著にない貴重な補足情報が含まれていたので結果的に良かったのかもしれない。何が幸いするかわからないものである。

わずか二十数ページの小冊子。訳されるのを待ち続けた甲斐があった。

（1）Tschichold, J. (2018) *A brief history of the ampersand.* Paris, -zeug

（2）*Penguin Composition Rules*（ペンギン組版規則）としてまとめてある。

（3）debet：「負債」を意味する中世フランス語。現代英語では「debt」や「debit」に相当。

（4）sond：「水」を意味する古英語。現代英語では「sound」。ちなみにニュージーランドにある観光地「ミルフォード・サウンド」の「サウンド」は古英語由来で「入江」を意味している。

（『埼玉県医師会誌』八二八号　二〇一九年三月）

目覚めのコーヒー

「イイにおいするけど先生のそれ、ブラック？」

僕の前に置いてあるコーヒーカップを指差しながら患者さんが尋ねた。

「ん？　あぁ、これ？　ナシナシですよ」

「……ナシナシって何なん？」

「ミルクなし、お砂糖なしのブラック――僕らは昔そう呼んでたけど」

「てぇ、初めて聞いた」

「ミルクとお砂糖入りは『アリアリ』ね」

「……でも先生、お砂糖だけとかミルクだけっていう時は何て言うん？」

「フフッ。まぁ、アリナシとかナシアリって言っても通じないからね。『砂糖入りのミルクナシ』とか『ミルク入りの砂糖ナシ』っていちいち説明することになるかな」

「へーっ」
「――もともとは麻雀の『アリアリ』っていう表現[1]から来てるから細かい設定なんてないですよ」

僕は診療の合間に喉を潤すため、普段からコーヒーを近くに置いて診察していることが多い。こだわりはないので大抵はインスタントだが、たまに豆を挽いて淹れたものを診察室に持ち込むこともある。そんな時は一段と芳しい湯気がマグカップから立ち上がって部屋全体に広がるのでコーヒーの香りに包まれながらの診察だ。雨の日や寒い日の朝は特にそんな感じである。診察中に患者さんがそれに気付くのは当然で、時には冒頭のような会話に発展することがあるのだ。

バリスターを気取るつもりはないけど、コーヒーを淹れる「儀式」は気持ちが落ち着くので嫌いじゃない。

コーヒー豆をミルに投入してハンドルをゆっくり回す。最初はガリッガリッと抵抗があるものの、回し続けるうちにガーッと心地よい振動が手に伝わり、豆が挽きあがっていく。

次に紙フィルターをドリッパーにセットし、ミルの引き出しに溜まったコーヒー粉をそこへ移す。そして沸騰したてのお湯をその上から少量、静かに注ぐ。モワッと立ち上がる芳しい蒸気。蒸されて泡立ちながらモコモコと盛り上がるコーヒー粉。これはいつまでも見ていられる。その後ゆっくり円を描きながらお湯を注ぎ入れ、コーヒーがポタッ・ポタッと抽出されるのを眺める。気分転換に最高の儀式なのだ。

コーヒーはポリフェノールを多く含み、強い抗酸化作用があるのでアンチエイジングに有効だと以前から言われている。(2) また最近では他の効能も期待できるとする研究論文をちょくちょく目にする。

・肥満の抑制効果が期待される
・一部のガンの発生を予防する可能性がある
・2型糖尿病の発症リスクを減少する
・動脈硬化や心臓病の予防効果がある
・脳卒中発症リスクを減らす
・認知症の進行を遅らせる

これらは人々にコーヒーを薦める理由になるかもしれない。しかし、今も昔も人々がコーヒーを飲むのは大なり小なり、その覚醒作用を期待しているからではないだろうか。

濃く淹れたり、飲む回数を増やしたり、お砂糖をたくさん投入したりと、どう工夫すれば一番効くか——結局は嗜好の問題だと思うのだが、昔から人々は目が覚めるコーヒーの飲み方を工夫してきた。


僕は昔、コーヒーをこぼしてノートパソコンを壊してしまったことある。

夜遅く目をこすりながら作業をしていたところ、ちょっとした不注意で横に置いていたコップを倒してしまったのだ。コーヒーは半分以下しか入っていなかったけど、けっこう勢い良くキーボードの右上部にバシャッといった。

——ドヒャーッ！

慌てて電源コードを引っこ抜き、パワースイッチを長押しして強制終了し、パソコンをひっくり返してキーボードを下にした。アクシデント発生からここまで十秒もかかっていない。少し前までまぶたを重くしながらダラダラ作業していたのに、自分でも驚くほど動作の機敏なこと……。

——ナシナシだから大丈夫かも……。

決して根拠があるわけではない。ただ、アリアリでマザーボードがミルクとお砂糖まみれになるよりはましだと思った。

——データはクラウドに保存しているからいざとなれば何とかなるな。

走馬灯ではないが、こういう時はいろんなことが頭の中を駆け巡る——状況を冷静に俯瞰するものから突拍子のないものまで。

きっと冷静な思考は最悪な状況・条件からベスト・アウトカムを探ろうとする反応で、突拍子もない考えはパニックに陥った頭を冷静にさせようとする反応なのであろう。

僕の場合パニックのあまり、こんな川柳を詠んでいた。

コーヒーは
倒した方が
目が覚める

結局パソコンはダメにしてしまったが、おかげで一番「効く」コーヒーは摂取する必要のないものだと悟った。

目覚めの一杯より目が覚める失敗だ。

（1）「アリアリ」とは「喰いタンありの後付けあり」というルールの略称。
（2）コーヒーのポリフェノール含有量は赤ワインに次いで多く、緑茶の二倍あるとされる。

（『深谷寄居医師会報』一八六号　二〇二〇年一月号）

バナナでペチペチ

古今東西、様々な病気や怪我に対して数多の民間療法が存在する。時代に淘汰されず根強く残っているものもあるところを見ると一定の効果が期待できるものもあるようで全てを否定することはできなさそうだ。中には後年になってその有効性が証明された民間療法も存在するので興味深い。

西洋では古くから花粉症にはハチミツの摂取が有効とされてきた。もちろんどこにでも売っているハチミツではない。花粉症を患っている人の生活圏——家の近所——にある蜂の巣から採取したハチミツが有効なのだ。近所にある巣を探し出し、採取したハチミツを定期的に摂取するのである。これを続けるうちに花粉症の症状が徐々に改善するという民間療法だ。

何故これが有効なのか。

花粉アレルギーは原因となる花（アレルゲン）が生活圏に存在し、それに被曝・感作してしまうことで発症する。同じ生活圏に生息する蜜蜂はそんな花から蜜を集めている可能性が高い。そうやって蓄えられたハチミツを定期的に摂取することでアレルゲンに対する過敏反応の減弱化、つまり減感作が期待できるわけである。花粉アレルギーの機序が解明されるよりもはるか前に経験則から減感作療法が民間で行われていたとは驚きだ。


——もしかしたら他にも、ある疾病に対して有効な民間療法が存在したかもしれない。

そう思い、過去にどのような民間療法があったのかを確認しようと数年前に海外の古書店から入手した書籍をあらためて開いてみることにした。18世紀のイギリスで出版された有名な書籍の一部を複製した一九五八年の私家版で、むかしの変わった民間療法をいくつか紹介するものだ。

底本はMary Kettilby (1724). *A collection of above three hundred receipts in cookery, physick and surgery*. Londonである。ロンドンのメアリー・ケトルビーが編纂した料理と医学と手術の手引き——現代でいうところの「家庭の医学」——の第三版。一七二四年発行だ。初版は一七一四年で、その後二十年間に合計五回版を重ねたベストセラーである。

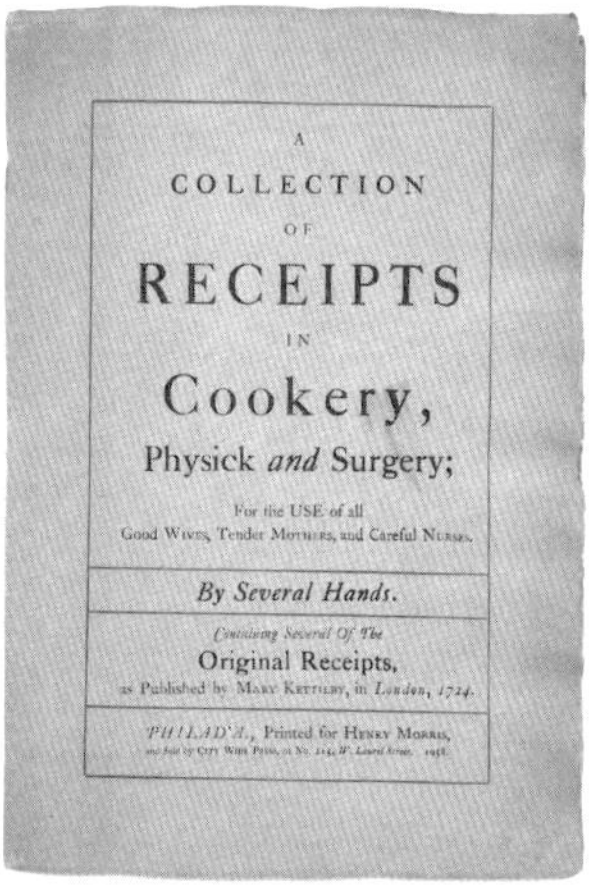

A COLLECTION OF RECEIPTS IN Cookery, Physick *and* Surgery;

For the USE of all Good Wives, Tender Mothers, and Careful Nurses.

By Several Hands.

Containing Several Of The Original Receipts, as Published by Mary Kettilby, in *London*, *1724*.

PHILAD'A., Printed for Henry Morris,

18 世紀イギリスのベストセラーを
複製した 1958 年の私家版。

発行部数が多かったおかげで約三〇〇年経った今でも、比較的容易に海外の古書店から底本を入手することは可能だ。とはいえ、そこに書いてあることを実践するのはよした方がいい。参考までに比較的害が少なさそうなレシピを二つ紹介する。

〈難聴と耳鳴りの治療〉

自分の尿をしろめ（スズ合金）の皿に入れ、別の皿で蓋をしておく。それを石炭の火で熱する。上の皿の表面についた湯気の水滴を羽毛で集めて耳に滴下すると耳の症状が劇的に改善する。

〈激しい頭痛に対する治療〉

　カキドオシ（シソ科のハーブ）をすりつぶした汁にスプーン一杯のマラム（モリンガ）粉を混ぜスープ状にする。タバコの葉をそれに浸して小さくまるめ、鼻腔に詰める。リキッド（液状）タバコや嗅ぎタバコよりも効き目がある。

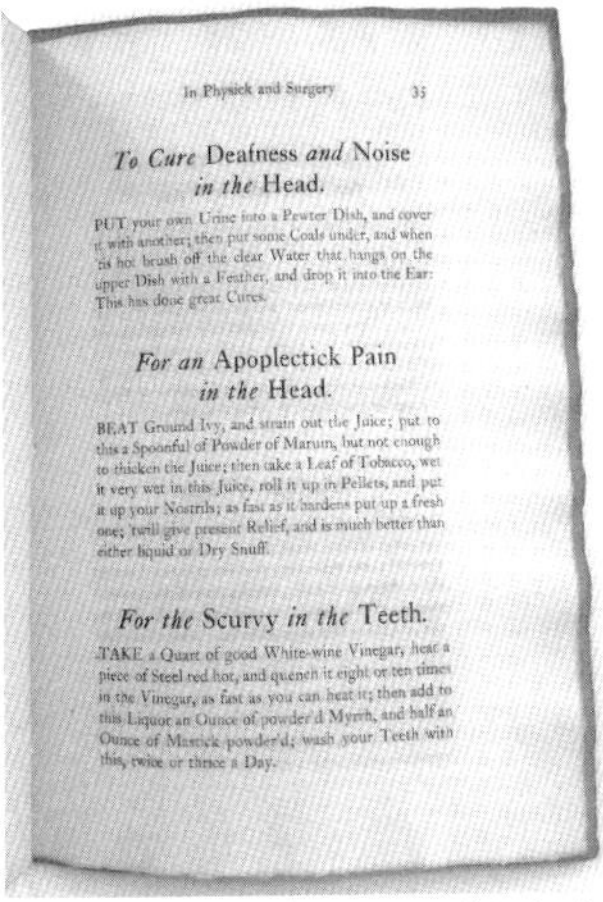

In Physick and Surgery 35

To Cure Deafness *and* Noise *in the* Head.

PUT your own Urine into a Pewter Dish, and cover it with another; then put some Coals under, and when 'tis hot brush off the clear Water that hangs on the upper Dish with a Feather, and drop it into the Ear: This has done great Cures.

For an Apoplectick Pain *in the* Head.

BEAT Ground Ivy, and strain out the Juice; put to this a Spoonful of Powder of Marum, but not enough to thicken the Juice; then take a Leaf of Tobacco, wet it very wet in this Juice, roll it up in Pellets, and put it up your Nostrils; as fast as it hardens put up a fresh one; 'twill give present Relief, and is much better than either liquid or Dry Snuff.

For the Scurvy *in the* Teeth.

TAKE a Quart of good White-wine Vinegar, heat a piece of Steel red hot, and quench it eight or ten times in the Vinegar, as fast as you can heat it; then add to this Liquor an Ounce of powder'd Myrrh, and half an Ounce of Mastick powder'd; wash your Teeth with this, twice or thrice a Day.

魔女の毒薬のようなレシピがたくさん掲載されている

　まるで罰ゲームだ。中には有効性よりも有害性が高そうな「治療法」もある。なぜ本書がベストセラーだったのか——健康被害の報告はなかったのだろうか。

おそらく本書に掲載されているレシピの中でも特別有害な治療法を実行した方々は健康被害を訴え出る前に淘汰されてしまうのではないだろうか。利用者の不満・悪評が市場にフィードバックされない……販売戦略としては案外有効な手段かもしれない。

冗談はさておき、良くもまあいろんな療法を思いつくものだ。玉石混合の世界だがいずれも思いつくきっかけは何かしらあったはずである。ただ、ジェンナーの種痘やパスツールのワクチンのように記録されているものが少ないので、中には当初の意図・方法から逸脱した状態で後世に伝わっているものも存在するかもしれない。

先日外来でこんなエピソードがあった。

かかりつけの七〇代女性。

――農作業で疲れが溜まって寝ていると脚がつってしまう。

そんな訴えである。

夜は布団の近くにお孫さんが工作で使うプラハンマーを置いているそうだ。

「つった時にね、叩いていると楽になるんよ」

「こむら返りにはバナナがいいですよ」

「はぁ……。バナナで叩くん？」

「えっ？　あ、いやいや。……食べるとね、こむら返りの予防になるんですよ」

「へー、そうなん？」

「カリウム不足も原因になることがあるんでね、カリウムが豊富なバナナを食べるといいんですよ」

「てぇ、あたしゃてっきりバナナで叩くんかと思ったよ」

「ふふふ。ごめんなさいね、言葉が足りませんでした」

ふと彼女が暗闇の中でバナナを握りしめ、真顔でふくらはぎをペチペチ叩いている様子が脳裏に浮かんだ。

――ムフフ。

思わず吹き出しそうになったが何とかこらえた。

「まぁ68番……芍薬甘草湯を出しておくから使ってみて下さい」

「あいよ」


後日この一件を思い出してふと閃いた。

――もしかしたらこのようなやりとりの中で生まれた勘違いが是正されぬまま民間療法として定着してしまった事例もあるのではないだろうか。

例えばこんなケースである。

ＡとＢは同じ職場に勤める仲良し。

お昼休みにＡがＢに体調の不良を訴える。

「なんだかさ、今朝から喉が痛くて調子悪いんだよね」

「風邪が流行ってるからねぇ。今日は早く帰って休んだ方がいいよ」

「うん、そうするよ。寒気で首の周りがざわざわするし……早く治る方法ないかな？」

「ネギがいいらしいよ」

「へー、そうなんだ……試してみるよ。ありがとう」


翌日、様子を確認しにＢがＡの自宅を訪問してインターホンを鳴らす。

「おぉ、いらっしゃい。ちょっと待っててね」

まもなく玄関の扉が開いてＡが出てきた。そしてその姿にＢは思わず目を見張った。

Ａは長ネギを首に巻いていたのである。

「いやぁ、ネギを使ったおかげでだいぶ楽になったよ。ありがとね」

――まいったなぁ。たくさん食べろという意味だったのに……どうしよう。

Ａに指摘すべきか。Ｂは反応に困った。

――でも本人は良くなったといってるし……ま、いっか。フフフ。

そして後日、ゴホゴホ咳き込む後輩にAが近づく。

「おっ、風邪かい？　早く治す方法知ってるけど……教えてやろうか？」

それを目撃したBは頭を抱える。

――おいおい、マジか……。


民間療法の成り立ちをこうやって想像してみるのも愉しいものである。

でも将来、こむら返りの治療と称して患部をバナナでペチペチ叩いている人を見かけたら、その民間療法は埼玉県北にある我がクリニックで発祥したということだけは覚えておいていただきたい。


（『埼玉県医師会誌』八四一号　二〇二〇年四月）

ド・サ・ド製本

昔からある少し変わった製本の仕方にド・サ・ド仕様(dos-à-dos binding)と呼ばれるものがある。「dos-à-dos」は英語の「back to back」に匹敵するフランス語の表現で「背合わせ」という意味だ。複数の本を一つにまとめる合本の一種で二冊の書籍を天地を変えずに裏表紙で繋げた形状をしている。

十七世紀前半にイギリスでよく製作されたそうで、当時のものは天から見ると漢字の「己」の形をしていた。これを本棚に差すと一方の背ともう片方の小口が手前になるので両方の題名を同時に読み取ることはできない。

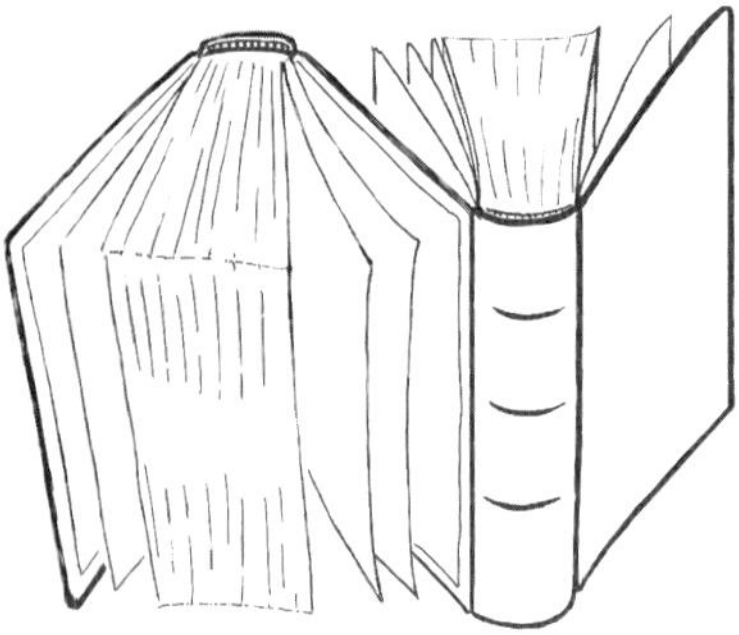

17世紀のド・サ・ド本

近年のド・サ・ド本はそれを嫌ってか、一方の上下を反転して繋げ合わせるものがほとんどである。それぞれの題名は共有する背の上下に配置できるので本棚の収まりも良い。

そもそもなぜド・サ・ドという仕様が考案されたかはハッキリしない。ただ古いものは旧約聖書の詩篇と新約聖書の組み合わせが多かったようだ。おそらく本来は別モノだけど揃いで扱う書籍をまとめる手段として生まれたのだろう。

――別物だけどペアであることに意義がある。

しばらく前にそんな考えでプロデュースされた有名なド・サ・ド本を入手した(1)。題名は『Oh! Well! You know how women are!』と『Isn't that just like a man!』。一九二〇年にアメリカで出版されたもので男性と女性、それぞれの立場で異性をユーモア交じりに批判する二編のエッセイを一冊にまとめた構成である。

不満はあれど切れぬ仲――ド・サ・ド製本でそれを表現しているのが面白い。

背を共有する近年のド・サ・ド本

アメリカでは他にもAce Doubleと称するド・サ・ド誂えのペーパーバック・シリーズが有名である。Ace Books社が一九五二年から一九七三年まで刊行したもので、西部劇、探偵小説、SFなどの作品があった。一冊の値段で二冊分楽しめたので人気があり、今でも蒐集対象にしている愛書家は多い。

日本でもド・サ・ド仕様の書籍を見かけることがある。

例えば手元にある『幻影城の時代』という書籍(2)。一九七五年から一九七九年まで刊行された伝説の探偵小説専門雑誌『幻影城』のファンたちが当時を回顧して二〇〇六年に発行した同人誌である。

「回顧編」と「資料編」で構成される無線綴じのソフトカバー。きっとAce Doubleを意識してデザインしたのであろう。一つの背を共有するド・サ・ド本仕様になっている。

2006年に発行されたド・サ・ド本『幻影城の時代』

表紙の裏表が区別つかないデザインだったため当時、変わった問題が生じたそうだ。店員さんが気を利かせて「回顧編」と「資料編」両方の表紙が見えるように平積み台に並べて展示したところ、それぞれが別の書籍だと勘違いして同時に二冊購入する読者が何人もいたのである。発売間もなく完売になったそうだが、そのことと何か関係があるような気がしてしまう。

ところで愛書家や古書店の中には頭臀《とうでん》の並びが一致しない背合わせ仕様をド・サ・ド製本と呼ぶのは誤りだと指摘する衒学的な方々がいる。読む時に上下をひっくり返さなければいけないものはド・サ・ドではなくテット・ベッシュ製本（tête-bêche binding）と呼ぶべきだというのだ。「tête」はフランス語で「頭」。「bêche《ベッシュ》」は「bêchevet《ベシェヴェ》」の略で、両端にヘッドボードのある大型ベッドのことである。これは家族が交互に足を向け合うように並んで利用するもので、たしかにド・サ・ドよりは合本の状態を適切に説明する表現だ。(4)

家族四人が交互に向かい合わせに並んで
ベシェヴェを利用する映画のワンシーン(3)

ただしこの理屈でいくと、これまでド・サ・ドと呼ばれてきた書籍の大多数が実は「似非ド・サ・ド」だったことになる。実際ここ数年、かつて「ド・サ・ド製本」と目録に表記されていた書籍が新しい目録では「テット・ベッシュ製本」と紹介されているケースを良く見かけるようになった。

先日、変わった製本の書籍を入手した。『装丁家で探す本 追補・訂正版』がそれで、題が示す通り装丁家が手掛けた作品を検索できる事典である。[5]二〇〇七年の『装丁家で探す本』を補足する形で昨年の六月に発売されたものだ。

古書目録に載るような書籍は作者や出版社で検索可能だが装丁した人の名前から検索することはできない。竹下夢二や池田満寿夫のような著名人が装丁した書籍のリストなら探せばあるだろうが、そうでない人の作品を探し出すのは容易じゃないのだ。本書は古書蒐集家のそんな悩みを解決するために生まれた貴重な資料である。

装丁家が手掛けた書籍を探せる本

本書は合本の体裁をしており、右から開けば装丁家の氏名と手掛けた書籍のリストがズラリと並び、左から開けば『装丁挿話』と題したエッセイがヨコ組で印刷されている。

書籍リストを閲覧するときはは右小口を上にした見開きの状態で縦に読むという変わった組み方をしている。ド・サ・ドともテット・ベッシュとも言えない製本だ。

プロレス技のドロップキックを背後から見舞うような配置なので、名付けるとしたら「ドロップキック製本」とか「パターダ・ボラドーラ製本」[6]と言ったところだろうか。

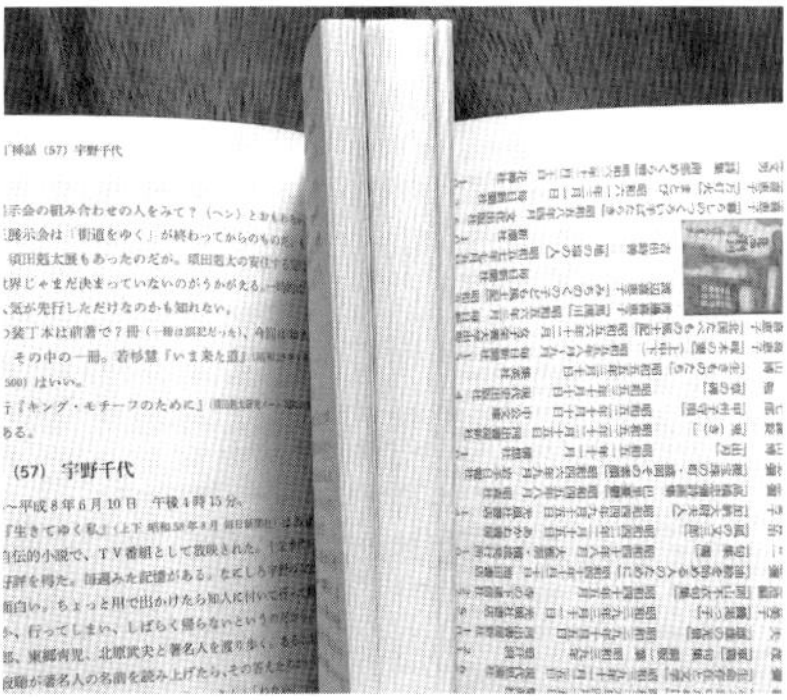
左右で文字組の方向が異なる

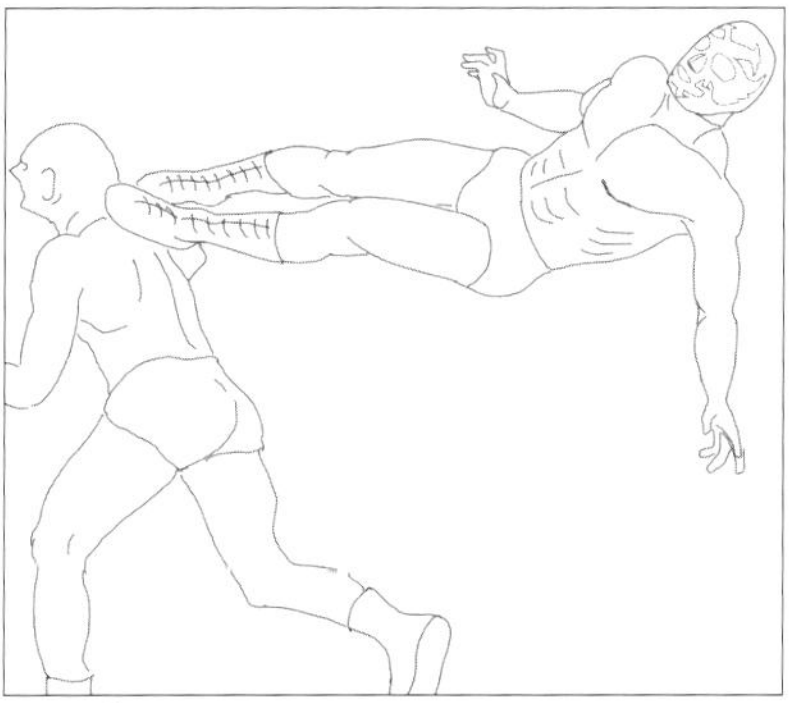
我らがヒーロー、ドス・カラスのドロップ・キック[7]

冗談はさておき、本書の文字組の仕方を目にして、日本語であれば欧文では実現できない配置のド・サ・ド製本が可能だということに気づいた。

我が国では雑誌や文芸書はタテ組の右開き、絵本や学術書はヨコ組の左開きで製本することが一般的である。つまり日本語の書籍は本文の組み方によって開く側を変えることができるのである。この特性を利用すれば背が一つであっても「似非」と呼ばれることのない――つまり読む時に上下をひっくり返す必要のない――ド・サ・ド製本（single-spine dos-á-dos binding）(8)が実現可能なのだ。

ド・サ・ド仕様はキワモノ扱いされる可能性があるので文芸書でこれを実現しようとするのは勇気のいることである。しかし『幻影城の時代』のように「資料編」と「回顧編」というように内容が別れている場合、それぞれ本文の組み方を変えることは不自然でない。たとえば右から開けば文芸作品や詩歌がタテ組みで印刷されていて、左から開けばその解説・論考がヨコ組で記載されている構成が考えられる。

流通本でこのようなド・サ・ド仕様は今のところ目にしたことがないが、機会があれば試みたいブックデザインである。

（補足）本稿が会誌に掲載されたのちに勉誠出版が発行する雑誌『書物学』がまさに上下をひっくり返す必要のない、背がひとつのド・サ・ド仕様になっていることを知った。

（1）Rinehart, M.R. and Cobb, I.S. (1920)
Isn't that just like a man! / Oh! well! you know how women are!
New York: George H. Doran Company
（2）「幻影城の時代」の会（2006）『幻影城の時代』エディション・プヒプヒ
（3）『夢のチョコレート工場』（1971）Paramount Pictures
（4）「tête-bêche」は元々切手収集家たちが使用していた表現である。
（5）かわじもとたか（2018）『装丁家で探す本　追補・訂正版』杉並けやき出版
（6）「patada《パターダ》 voladora《ボラドーラ》」はルチャ・リブレ（メキシコのプロレス）でドロップキックのこと。
（7）ドス・カラス（Dos Caras）は世界的に有名なメキシコの覆面レスラー。名はスペイン語で「二つの顔」という意味。覆面レスラーのミル・マスカラスは実兄。
（8）「spine」とは書籍の背のこと。十七世紀のド・サ・ド仕様は背が二つあった。

（『埼玉県医師会誌』八二六号　二〇一九年一月）

ある日章旗の話

これは二十一年前にあったある日章旗にまつわる話である。当時関係した方々とはもうすでに十年以上も連絡がつかず、相談をすることなく書くべきかずっと迷っていた。だが戦後七〇年以上が経過して昭和から平成、そして令和。やはりこういう記録は残すべきだとあらためて思い、ここに記すことにした。なお、個人情報の観点から関係者の名は伏せている。

ことのはじまりは一九九八年十一月二十三日。

USENETのあるニュースグループに一つのポストが投稿された。[1] 題名は「WWII : Need inscriptions on flag translated」――第二次世界大戦の日章旗の書き込みを英訳して欲しいというリクエストである。

投稿したのはカリフォルニア在住のＪ氏。海兵隊員だった父親が亡くなり、その遺品から寄せ書きのある日章旗が出てきたというのだ。何が書いてあるのか興味を持ち、訳してくれる人を求めて投稿に至ったのである。そして日章旗の写真は自由に閲覧できるように自身のウェブサイトに掲載された。

写真を見る限り経年の汚れはあるものの焦げ跡や破れなど大きな毀損はなく状態は良さそうだ。

一部かすれているが拡大すれば文字は判読可能である。「海乃荒鷲」、「武運長久」、「盡忠報国」、「必勝」などの言葉と共に約三〇人の署名が確認できた。

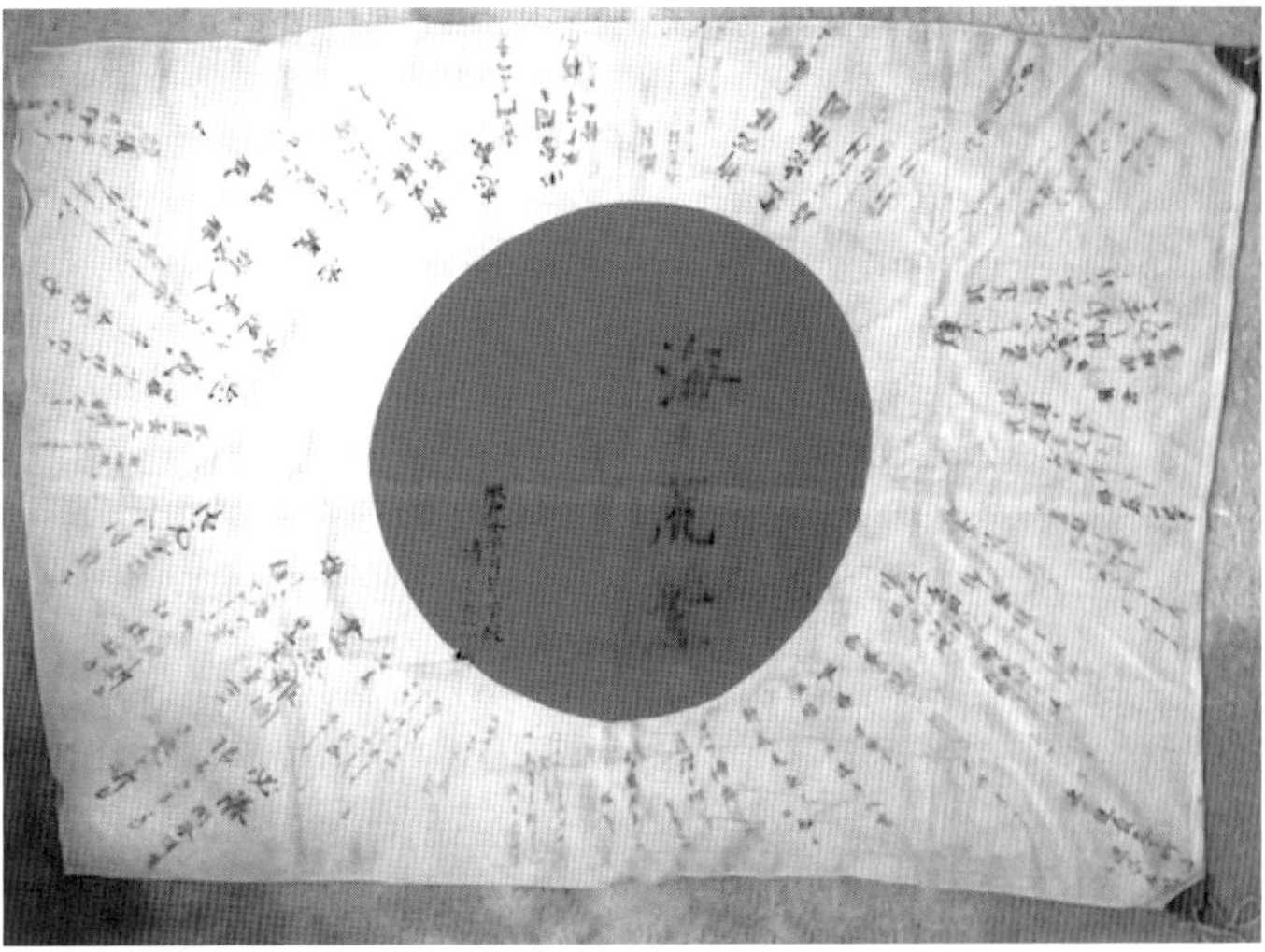

Ｊ氏のウェブサイトに掲載された日章旗の写真。

どうやら「水戸女子師範学校　清芳寮一同」が「○○田さん」に贈ったものらしい。

J氏が協力を求めたのは帰国子女や日本在住の外国人など、バイリンガルが集まるニュースグループだった。そして投稿を見た常連メンバーたちによって日章旗の書き込みは間もなく全て英訳されたのである。

僕は日章旗の来歴に興味を抱いた。「水戸女子師範学校」というのだから茨城県であろう。「清芳寮」とあるし「○○田」も多い名字ではない——案外特定できるのではないだろうか。そう思い水戸市役所に問い合わせのメールを送ってみるとさっそく翌日、担当者からたしかに女子師範学校と清芳寮なるものが市内に存在したとの回答があった。そして力になれるかも知れないと、当時の卒業名簿などの資料をお持ちだというI氏を紹介していただいたのである。I氏は以前より水戸女子師範学校（正式には茨城女子師範学校）に関する記事を地元紙に寄稿されている元高校の国語教師なのだそうだ。

その数日後、I氏と直接電話でお話をすることができた。市の職員から話を聞き、日章旗の写真に興味を持っていただけたようだ。だがパソコンをお持ちでないとのことだったので写真は僕が印刷して郵送することになった。

Ｉ氏から返信のお手紙が届いたのはそれから一週間ほどである。そこには日章旗の署名と卒業名簿を照合した結果が綴られていた。

一、「〇〇田」という名前は旧職員名簿にはない。
一、署名のうち十八名は卒業名簿で確定できた。一人は不確実。
一、卒業前に亡くなった方が三名。
一、不明の者が九名。
一、卒業生の卒業年月日は一九四一年から一九四六年に及ぶ。

そしてＩ氏はこう締めくくった。
――ご存命の方が数名おられるので、当時のことを思い出していただけるか直接お会いして相談してみます。

師走直前で色々あるだろうに……そんな時期に手間をお掛けして至極恐縮である。だがＩ氏からすればお会いする方々はすでに七〇代後半から八〇代――いろんな意味でのんびりできないとご判断されたようだ。

そして年明け早々、再びいただいたお手紙には日章旗に署名をした上級生の一人に面談して判明したことが書かれていた。

一、○○田氏の詳細はまだ不明。
一、「海乃荒鷲」は霞ヶ浦の予科練を指すので訓練生であることは間違いない。
一、おそらく県外からやってきた訓練生だと思われる。
一、当時は県外出身の訓練生を一般家庭で預かることがよくあった。
一、実際、日章旗に署名があるK嬢の実家がそのような兵士を下宿させていた。
一、おそらく日章旗はK嬢の発案で回覧され、寮生が寄せ書きしたと思われる。
一、回覧による寄せ書きは日常茶飯事で面識がない相手にも言葉を贈った。
一、K嬢はお亡くなりになっているので当時の詳しい状況は確認できない。

I氏の手紙は次のように結ばれていた。

――今後は他の生存者のお話を伺うのと同時に土浦の予科練跡に行って訓練生か出征兵の名簿などの資料を確認させてもらい、○○田氏について調査することになります。

数週間後の一月下旬にその報告が届いた。

Ｉ氏は予科練について調べるうちに土浦の友人から「海原会」と呼ばれる予科練出身者の全国組織があることを教わり、さっそく問い合わせてみたのだそうだ。そして水戸市在住の「海原会」副会長Ｍ氏に日章旗のコピーを送ったところ、様々な角度から調査をしていただいたのである。

Ｍ氏の説明によると当時の予科練は四つに分類されていたそうだ。(2)

・甲飛　：昭和十二年発足。旧制中学四年、一学期修了以上。
・乙飛　：昭和五年発足。高等小学校または旧制中学二年修了以上。
・丙飛　：昭和十五年発足。一般兵科から適性検査を経て飛行兵として採用。
・特乙飛：昭和十七年発足。乙種の内、比較的年齢の高い者から採用。

また、当時の海軍飛行機搭乗員は海兵、予備生徒（予備士官養成課程在籍中）、予備練（予備下士官養成課程在籍中）、予備学生（旧制大学・高等学校高等科・専門学校などの卒業生）などの所属があり、それがわからぬまま探り当てるのは極めて難しいのだそうだ。

M氏の調査結果はこうである。

一、全予科練戦死・病没者一八六〇〇余名の名簿の中に該当者なし。
一、上記予科練のうち、甲飛の名簿に該当者なし。
一、同様に乙飛の名簿に該当者なし。
一、丙飛、特乙飛についてはわからない。
一、また平成八年に解散したばかりの白鴎遺族会(3)本部の担当者にも調査を依頼したところ、上記予備学生の中に該当者なし。

——結論から申しますと、判明できません。そしてこれからもなかなか難しい状況にあります。

M氏の報告を受け取ったI氏の落胆は文面から感じ取れた。

そして残念そうに手紙をこう結ばれた。

——寄せ書きの発起人と思われるK嬢が生存していれば、あるいは大きな手がかりが得られたのではないかと思うこととしきりです。アメリカのJ氏の期待に添えず、心残りですがご了承願います。

やはり戦後五十数年という歳月は大きな障壁だったようだ。

しかし僕の何気ない問い合わせに丁寧に対応していただいた水戸市役所をはじめ、調査に乗り出していただいたI氏、そして海原会のM氏や白鴎遺族会、女子師範学校の卒業生など、多くの方々が協力を惜しまずご尽力いただいたことに感謝の気持ちでいっぱいである。

数日後「――残念ながら」と前置きをしつつ、I氏の調査の経過と顛末を英語にしてJ氏に報告した。


この話はこれで終わりのはずだった。

ところがそれから約二ヶ月後、I氏から手紙が届いたのである。

――何だろう。

封筒を開いて便箋を広げた。そして挨拶の後に記された二行を目にして衝撃を受けた。

――「○○田」氏の身元が判明しました。

――○○田氏は○○田今朝男といいます。

興奮しながら手紙を読み進めると、○○田氏は長野県上田市出身で生存していれば八十歳ほど。海軍航空隊に所属してマーシャル諸島のクエゼリン島で玉砕したとある。出征前に結婚をして子供が一人いるそうだが、現在は奥様ともども消息不明とのこと。

Ｉ氏によると日章旗に書き込んだ卒業生のうち、面談をしたＯ嬢とＭ嬢の二名がご子息を動員するなどして高齢にも関わらず独自に調査を続けていたのだそうだ。おかげで「○○田」氏の従兄弟で東京の立川市在住の佐武良《さぶろう》氏とその弟で同じく国立市在住の功《いさお》氏を突き止めてお話を聞くことができたのである。

さらにこの二人の長兄で上田市在住の武男氏に経緯を説明して日章旗のコピーを郵送したところ、次のようなお返事をいただいたとコピーを同封してくれた。そこにはこう記されている。

お手紙を戴きました。有難度う御座います。○○田今朝男さんは私とはイトコに当たります。○○田佐武良と○○田功は私の弟です。兄弟は大勢居りまして男10人です。佐武良が3番目、功が7番目です。私と佐武良は昭和18年に太平洋戦争に従軍致しまして20年終戦と成り21年5月に無事に故国に帰りました。

今朝男さんの戦死も通知も無く全く判りませんでした。私も今は年を取りまして84才です。戦争後54年を過ぎました事で昔の事はおぼえて居ません。インターネットの意味は私に判りませんが今朝男さんは霞ヶ浦の予科練に居た事でしやう、当時の詳しい事は判らないので。子供の頃から今朝男さんとは全然交際は有りませんでした。今朝男さんの両親も大分前に亡くなつて居ります。今回はI様には大変御労された事ですね。感謝致して居ります。日章旗を御送り下さいまして誠に有難度う御座います。〇〇田と言ふ性は長野県には有りません。新潟県高田市の郊外です。祖母が祖父と二人で此の上田市に移りましたのです。私の父母も亡くなりましたが〇〇田家は私で五代目です。I様には立川の弟の住所が良く御判りに成りましたね。大変だった事でしやう。最后に東京のお医者に宜敷しく御伝へ下さい。御願ひ申し上げますと共にI様には御元気で暮らして下さい。では宜敷しく御免下さい。乱筆で済みません。日章旗は大切に致します。

今でもこのお手紙を読み返すたびにあの時、水戸市役所に問い合わせてつくづく良かったと思う。しかし当時、なぜJ氏に日章旗をゆずってもらうことを思いつかなかったのか——ただただ悔やむばかりである。

令和元年、戦後七十四年。戦地に向かった方々が遺したものはあらゆる場所で数多く保存されている。公開されているものもあり、それらを使って歴史（時代の物語）を後世に伝えることは可能だ。だが時間とともに失われていくのはもっと小さい個々のお話である。今の我々が語り継ぐべきはそんな儚い物語ではないだろうか。

（1）USENETとは古くからあるコンピューター・ネットワークの一つ。世界中のユーザーと様々なトピックについて語り合うフォーラム（ニュース・グループ）が掲示板形式で存在する。
（2）昭和十九年に五つ目の「特丙飛」が発足したが間も無く終戦を迎えた。
（3）復員した海軍飛行科予備学生十三期生が中心となって各期の戦没者の慰霊と遺族慰問を目的として昭和二十七年に設立された団体。平成八年に全国組織は解散し地域団体に分かれて活動を続けている。

（『埼玉県医師会誌』八三三号　二〇一九年八月）

1、

お手紙を戴きました、有難度う御座います ○○田今朝男さんは私とはイトコに当ります

○○田佐武良と○○田工功は私の弟です 兄弟は大勢居りまして男10人です 佐武良は3番目

工功が7番目です 私と佐武郎は昭和18年に太平洋戦争に従軍致しまして20年終戦と成り

21年5月に無事に故国に帰りました、今朝男さんの戦死も通知も無く全く判りませんでした

私も今は年を取りまして84才です 戦争後54年も過ぎました事で昔の事はおぼえて居ません

インタネットの意味は私に判りませんが今朝男さんは霞ヶ浦の予科練に居た事でしやう 当時の

詳しい事は判らないので、子供の頃から今朝男さんとは全然交際は有りませんでした、今朝男さんの

両親も大分前に亡くなって居ります 今回は I 様には大変御苦労された事ですね、感謝致して居ります

2、

日章旗を御送り下さいまして誠に有難度う御座います ○○田と言ふ姓は長野県には

有りません、新潟県高田市の郊外です 祖母が祖父と2人で此の上田市に參りましたのです

私の父母も亡くなりましたが○○田家は私で3代目です I 様には立川の弟の住所が良く

御判りに成りましたね 大変だった事でしやう 最后に東京のお医者に宜敷しく御傳へ下さい

御願ひ申し上げますと共に I 様には益々御元気で暮して下さい では宜敷しく御免下さい

乱筆で済みません 日章旗は大切に致します

○○田今朝男氏の従兄弟、武男氏からI氏に宛てたお手紙

パン屋の一ダース

アメリカのニュース専門放送局MSNBC社のニュース配信を視聴していたら、珍しい表現を耳にした。

「baker's dozen」（ベイカーズ・ダズン）――直訳すると「パン屋の一ダース」だ。アメリカの中学校で英文学の先生が授業で取り上げたから聞き覚えがあるものの、アメリカでは日常生活の中でまず遭遇することのないフレーズである。[(1)]

一ダースとあるが「パン屋の一ダース」が示す数量は十三だ。

イギリスでは十三世紀から十九世紀初頭まで「Assize of Bread and Ale」（パンとエール[(2)]の公定価格法）が制定されており、麦の相場によって庶民の食卓が影響を受けないように工夫がされていた。パンやエールの販売価額を一定にし、製造に使用する原材料の割合を相場と連動させたのである。

パンの場合、小麦の相場が高い時は小麦粉の量を減らして製造するので普段よりも軽いパンが店に並んだ。小麦が安い時はパン数個の重さが規定以上なければ販売できない決まりだった。そして小麦粉の量をケチって基準に満たないパンを販売して利ざやを稼ごうと企てる不届き者がでないように、不正を行ったパン屋を厳しく罰したのだ。

経営者の立場からすれば基準の重さを僅かにクリアする程度でパンを製造して販売できれば利益率が高い。ところがそうすると基準にギリギリ満たない重さのパンが焼き上がってしまう場合もある。罰則が怖いのでそれを何食わぬ顔で販売するわけにはいかないし、捨ててしまっては元も子もない。散々悩んだ挙句、生まれたのが「vantage loaf」――おまけの一個――という考えである。すなわち、一ダースにもう一個加えれば全体として重さが基準を下回る心配はなくなり、お得感を醸し出してお客さんも喜んでくれるという理屈だ。そしてこの慣習が定着して「パン屋の一ダース」という表現が生まれたのである。

「Four score and seven years ago～」(3)
「～and once in a fortnight we arrive perhaps at a rational moment」(4)

数量を表す英語の文語的表現には二十を意味する「score」や二週を意味する「fortnight」のように比較的よく使われるものもある。しかし「baker's dozen」は喜寿、傘寿、卒寿、白寿と同じで、個々の言葉（漢字）の意味は通じてもその表現の由来を知らなければ正しい数量は伝わらない。

レイチェル・マドー（Rachel Maddow）やローレンス・オドネル（Lawrence O'Donnell）。MSNBCのお気に入りのニュース番組の中には古式ゆかしい表現を用いたり、珍しい表現を視聴者に紹介したりするニュース・キャスターがいる。

つい先日もオドネルが自身の番組の中で「oleaginous」（オレアジナス）という言葉を紹介していた。ある米国政府高官を批判する際にワシントン・ポスト紙のベテラン政治記者が記事の中で用いた表現で「おべんちゃらに長けた人」という意味だそうだ。

初めて聞く言葉に興味を惹かれつつ、似たような言葉を題名に含む書籍を少し前に入手していたことを思い出していた。

『The Purloining of Prince Oleomargarine』（オレオマーガリン王子の誘拐）がそれで、二〇一一年にカルフォルニア大学バークレー校で発見された未発表・未完のマーク・トウェイン原作の童話である。

原題は『Oleomargarine』（オレオマーガリン）[5]。元々はトウェインが娘たちのために創作したベッドタイム・ストーリーの一つだと考えられている。魔法の花を食べて動物と会話ができるようになった少年ジョニーが巨人に誘拐されたオレオマーガリン王子を救助しに行くという内容だ。

おそらく子供達のウケが良かったのであろう。トウェインはこれを上梓しようと考え、途中まで書き出して出版社に持ち込んだ。しかし意外なことに、これがあっさりとボツになってしまったのである。そして未完のまま放ったらかしにされた原稿は発見後、現代の童話作家が筆を加えて完成させ、トウェインの死後一〇〇余年を経て初出版されたのだ。

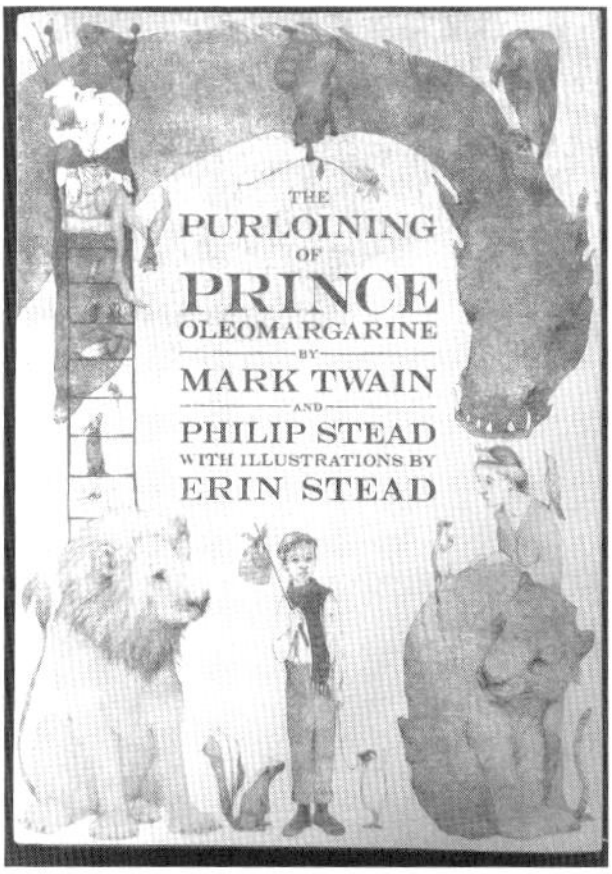

マーク・トウェイン原作の童話

ご存じの方もおられると思うが、マーク・トウェイン（Mark Twain）の本名はサミュエル・ラングホーン・クレメンス（Samuel Langhorne Clemens）という。「マーク・トウェイン」というペンネームはクレメンスがミシシッピ川で蒸気船の水先人の仕事をしている時に思いついたもので、元は水深を表す用語である。

「マーク」（mark）は水深を測定する測鉛線と呼ばれるロープに付けられた印のことだ。一マークは一ファゾム（fathom）――六フィート（約一・八メートル）に相当する。そして「トウェイン」（twain）は「two」の古い表現だ。「mark twain」はすなわち測鉛線の先端から二つ目の印のことで、水深が二ファゾム――十二フィート（約三・六メートル）――あることを表している。これは蒸気船が座礁することなく安全に往来できる水深だそうだ。『トム・ソーヤの冒険』や『ハックルベリー・フィンの冒険』――彼の書いた冒険小説の舞台がミシシッピ川だということを考えるとなかなか巧みなペンネームを思いついたものである。

有名な話だがニューヨーク州エルマイラ市のウッドローン墓地にあるクレメンス家のお墓の近くにはマーク・トウェインの業績を讃える記念碑が設置されている。その高さが十二フィート。すなわちマーク・トウェインだ。

誰が思いついたかわからないがなかなか素敵な演出である。クレメンスにとっては最高の記念碑ではないだろうか。

（1）イギリスの知人に確認したところ、イギリスではさほど珍しい表現ではないそうだ。
（2）エールはビールの一種。
（3）元アメリカ大統領、エイブラハム・リンカーンの『ゲティスバーグ演説』より。
（4）ラルフ・ウォルド・エマーソン『エッセイ第二集』より。
（5）オレオマーガリンはマーガリンの古い呼び方。「オレア」も「オレオ」もオリーブもしくはオイルを意味するラテン語。

（『埼玉県医師会誌』八二一号　二〇一八年八月）

星に名前を

星空見上げる人はロマンチストだ――高校の頃、天文部に所属する同級生のKが天体について熱弁する様子を見ながらそう思った。

彼とはホームルームが一緒だというぐらいで普段からあまり言葉を交わす仲ではなかった。しかし団体訓練という名の学校行事で移動の際に使ったバスで席が隣になったことをきっかけに色んな話をするようになったのである。

最初はお互い他愛もない話をしていたのだが趣味の話になったとたんKは一段と目を輝かせ、延々と天体観測に関して語り始めたのだ。

とめどなくこぼれ落つ星のトリビア。とくに小惑星の話は印象的だった。

彼によると多くの小惑星が日本のアマチュア天文家たちに発見されているのだそうだ。

そしてそのきっかけを作ったのが高知市の関勉と浜松市の池谷薫《いけや》という二人のアマチュア天文家だと教えてくれた。

関と池谷は一九六五年の九月十八日の未明にそれぞれ自作の望遠鏡を用いてうみへび座付近に七、八等級の明るさを持つ新しい彗星を発見したのである。これが後に「一九六五年の大彗星」と呼ばれる池谷・関彗星だ。

そしてその発見当時の天候を知るとあらためて彼らの凄さが判明する。

この年の九月中旬は三つの台風（二三号、二四号、二五号）が相次いで日本列島に接近し、全国的に大雨と暴風をもたらせていた。そして十七日の夜には台風二四号が三重県に上陸して翌朝まで北東へと列島を縦断していたのである。

高知に住む関は台風通過直後の晴天を利用して新彗星を捉えたが、浜松にいた池谷はなんと台風の目が上空を通過する間にこれを観測したのだ。宙《そら》が少しでも見えれば望遠鏡を覗く彼らの執念に狂気すら感じてしまう。

このエピソードが報道されると一気に天体観測ブームが国内で広まり、たくさんのアマチュア天文家が新しい彗星や小惑星を発見しようと空に目を向けるようになったのだ。

新しい小惑星が発見されるとそれは天体命名法に基づいて仮符号、小惑星番号、そして呼び名の順番に名称が登録される。例えば小惑星探査機「はやぶさ」が二〇〇五年にランデブーした小惑星イトカワは発見当初「1998 SF36」という仮符号が与えられていた(1)。そして小惑星であることが確認された段階で小惑星番号「25143」が付与されたのである。その後「イトカワ」と命名され、登録名称は「25143 Itokawa(1998 SF36)」となった。

小惑星の名称に関しては発音可能であること、公序良俗に反さないこと、数字を含まないことなど、いくつかの決まりごとが設けられているが命名権そのものは発見者にあるそうだ。

——いつか小惑星を発見して名前をつけてみたい。

Kは目をキラキラさせながら夢を語った。

「……君は顔に似合わずロマンチストだねぇ」

冷やかすとKは嬉しそうに笑った。

高校を卒業してからKのことはずっと忘れていたが、大学を出てから再び星空見上げる人はロマンチストだと認識させられる出来事があった。

一九九八年にハワイのマウナケア天文台群が小惑星ウジェニア（45 Eugenia）に衛星があることを発見したというニュースを耳にしたのがことの始まりだ。月を持つ小惑星は一九九三年にガリレオ木星探査機が木星に向かう途中ではじめて観測しているが、[2] そのような小惑星を地上から観測したのはこれがはじめてだった。

ウジェニアは一八五七年に発見された直径二一四キロメートルの小惑星で、当時のフランス皇帝ナポレオンⅢ世の妻、ウジェニー・ド・モンティジョ（Eugénie de Montijo）皇后にちなんで命名されている。実在する、しかも存命中の人物の名前がつけられた最初の小惑星だ。

そこに衛星が発見されてから数年後、その衛星がPetit Prince（正式には（45）Eugenia I Petit-Prince）と命名されたことをニュース配信で偶然知った。名前からパッと思い浮かぶのはサン＝テグジュペリの『Le Petit Prince』（星の王子さま）である。ところが記事にあった命名の理由はさらに微笑ましいものであった。

Petit Princeを直訳すると「小さな王子」。そしてこれはウジェニー皇后の愛息、ナポレオン・ウジェーヌ・ルイ・ボナパルト皇太子の少年時代の愛称なのである。

母の周りキャッキャキャッと走り回る小さな王子さま。可愛らしくロマンチックな名前をつけたものだ。

ところで『星の王子さま』にちなんで命名された天体に北海道のアマチュア天文家、円館《えんだて》金と渡辺和郎が一九九三年に発見した直径二キロメートルほどの小惑星、46610 ベシドゥーズ（1993 TQ1）がある。

ベシドゥーズの綴りは「Besixdouze」。フランス語で「B612」という意味だ。[3] これはサン＝テグジュペリの小説の中で星の王子さまの故郷として紹介されている星である。Ｂ６１２を十六進数の数と想定してこれを十進数に変換すると４６６１０となることをチェコの天体物理学者グリガルなどから指摘され、発見した両氏がそう命名したのだそうだ。なかなか洒落の利いた話である。

$$
\begin{aligned}
\mathrm{B} \times 16^{3} &= 45056 \\
6 \times 16^{2} &= 1536 \\
1 \times 16^{1} &= 16 \\
2 \times 16^{0} &= 2 \\
+)\quad & \overline{46610}
\end{aligned}
$$

16 進数の B612 を 10 進数に変換すると 46610 となる

小惑星に関する最近の話題といえば二〇一四年に打ち上げられた小惑星探査機「はやぶさ2」だ。今年の六月末から七月上旬に小惑星162173 リュウグウ（1999 JU3）に到着する予定となっている。

今はもうリンク切れとなっているが当初、このプロジェクトを紹介するホームページのアドレスが「b612.jspec.jaxa.jp/mission」であった。――ここでも「B612」を引用していたのである。そして打ち上げの前年には探査機に載せる名前やメッセージを募集する「星の王子さまに会いにいきませんかミリオンキャンペーン2」というイベントが開催された。どうやら星空見上げる人は『星の王子さま』ファンでもあるようだ。

その後、同級生のKが小惑星を発見して命名するという夢を叶えたかどうかわからない。でもきっと「はやぶさ2」に名前を載せるキャンペーンには参加したと思う。そしてどこかで時おり星空を見上げ、自分の名前が宇宙を旅している様子を想像しながら目を輝かせているのである。

補足：仮符号が表すもの

1998 S F36
①　②　③

① 発見された年（西暦）

② 発見された期間

各月を前半・後半に分け、一年をIを除いたAからYまでアルファベット24文字で表記。

Sは9月16日から30日の間に発見されたことを表す。

A	1月 1－15	N	7月 1－15
B	1月 16－31	O	7月 16－31
C	2月 1－15	P	8月 1－15
D	2月 16－28（29）	Q	8月 16－31
E	3月 1－15	R	9月 1－15
F	3月 16－30	S	9月 16－30
G	4月 1－15	T	10月 1－15
H	4月 16－30	U	10月 16－31
J	5月 1－15	V	11月 1－15
K	5月 16－31	W	11月 16－30
L	6月 1－15	X	12月 1－15
M	6月 16－30	Y	12月 16－31

③ 発見された順番

上記期間の中で発見された順番をIを除いたAからZまでアルファベット25文字で表記。Aは1、Bは2、Cは3と文字と数字を対応させ、Zは25となる。その後、26はA2、27はB2、28はC2となり、一巡するたびにアルファベットの後ろの数字を増やしていく。

F36は25×36＋6＝906となり、上記期間中906番目に発見されたことを示す。

A＝1	F＝6	L＝11	Q＝16	V＝21
B＝2	G＝7	M＝12	R＝17	W＝22
C＝3	H＝8	N＝13	S＝18	X＝23
D＝4	J＝9	O＝14	T＝19	Y＝24
E＝5	K＝10	P＝15	U＝20	Z＝25

A2＝26 ～ Z2＝50　／　A3＝51 ～ Z3＝75　・・・・・・・　A36＝900 ～ Z36＝925

（1）仮符合からこれが一九九八年の九月十六日から三十日の間に見つかった九〇六番目の天体であることがわかる。仮符号の見方については補足を参照のこと。

（2）小惑星イダ（243 Ida）を周回する直径一・四キロメートルの衛星を観測した。この衛星はのちにダクティル（(243) Ida I Dactyl）と命名されている。

（3）Besixdouze の「bé《べ》」は「B」、「six《シ》」は「6」、そして「douze《ドゥーズ》」は「12」。

（『埼玉県医師会誌』八一九号　二〇一八年六月）

コト・トキ・トモ

以前ヤン・チヒョルトの書籍を紹介する際に「アンド記号」について書いたことがある。(1)アンド記号とは「&」と「⁊」のことで、いずれもラテン語の「そして」を意味する「et」の二文字を合成したものだ。

実は先日、この二つ目のアンド記号に似た記号を目黒の古本屋さんに置いてあった本の中で発見した。しかもそれは欧文の書籍ではなく、中央公論社から出版された谷崎潤一郎の『鍵』という作品だ。棟方志功が表紙と挿絵を制作した一九五六年の初版本である。

1956年の初版本

ガラ眞ッ直グトハ云
缺點ダケレ𪜈、僕ハ
本婦人式ノ脚、私ノ

十二時頃、兒玉氏ヲ
ツテ出ル𬼂外ヲ見タ
ブハイツモ寢ル前一

ンデ腹ヲ立テハシナ
ヲ恐レヌヿニシタ。
テヰルニ違ヒナイ。

本文中に見つかった三つの見慣れない記号：ヿ、𬼂、𪜈

決して希少な古本ではないが、自分の蔵書にはない一冊だったのでつい書棚から抜いて中をのぞいてみた。外箱から取り出し、奥付を確認して最初に戻り、数ページ流し読みをする――本を選ぶ時の僕の癖だ。特別な目的があってやっているわけではないのだが今回、本文中に「ヿ」という記号が見つかったのである。

――おっ。

もしやと思い、ページをさらにめくり続けると案の定、「𬼂」と「𪜈」という記号が見つかった。

初めて目にすると戸惑うかもしれないが、文脈からそれぞれ「コト」、「トキ」、「トモ」という音節を表していることを推測するのは難しくない。「ヿ」以外の二つはどうやらカタカナの「ト」と「キ」、「ト」と「モ」をつなぎ合わせて作ったように見える。

これらは合略仮名と呼ばれ、いずれも二つ以上の文字を合成したものだ。調べると「ヿ」も実は「コ」と「ト」から合成されているといわれており、かつては他に「ト」と「云《いふ》」で「𠫔《といふ》」や「ド」と「モ」で「𪜈《ども》」と読ませる合略仮名が使われていたとある。(2)

合略仮名は本来、手書きの際に使用されるショートハンド（短縮符号）として生まれたものである。それがいつしか活字の世界に持ち込まれ、組版の時にアキ量や文字数を調整するのに用いられるようになったのだ。

ひらがなの合略仮名は草書が元になっていて「こと《こと》」、「まいらせそうろう《まいらせそうろう》」、「かしこ《かしこ》」、「ゟ《より》」などが使用されていた。また古い書物には踊り字と呼ばれる繰り返し符号の他、「ム《ござ》います」(3)とか「ござい〼《ます》」のような符号やを見かけることもある。これらは合略仮名とは異なり、由来や名称がはっきりしない記号や一部の職業で使用される符丁が一般化したものである。

明治になると仮名は一文字で一音を表すことが暗黙の約束事となり、複数音を表す合略仮名が出版物で使われることは少しずつなくなった。だがそれは印刷物に限ったことであり、人々の生活の中ではだいぶ後まで常用的にショートハンドは使用されていたのだ。

しかし時代とともに言葉の表記の仕方が変化するにつれ、それまで使われてきたショートハンドや記号は徐々に日常生活の中でも使われなくなっていったのである。

我が国では横書きの印刷物が増えると草書を元にしたひらがなの合略仮名は使われなくなり、縦書きで使用される「〻（二の字点）」や「〳〵（くの字点）」などの踊り字は「々」や「――（二倍ダーシ）」で代用されるようになった。そしてカタカナ混じりで書くことが一般的でなくなるとカタカナを元にした合略仮名（ヿ、𬻿、𪜈）も廃れていったのである。

谷崎潤一郎の『鍵』は相手に読まれることを前提に綴った日記をお互い盗み読みする夫婦の物語だ。「のぞき見」というテーマがそこにあり、日記形式で書かれていてる。

夫はカタカナ混じり、妻はひらがな混じり――谷崎はこうして「夫の日記」、「妻の日記」といちいち指定しなくても判るようにしているのだ。また男文字と女文字を使い分けて実際の日記をのぞき見している雰囲気を演出する狙いもあったかもしれない。

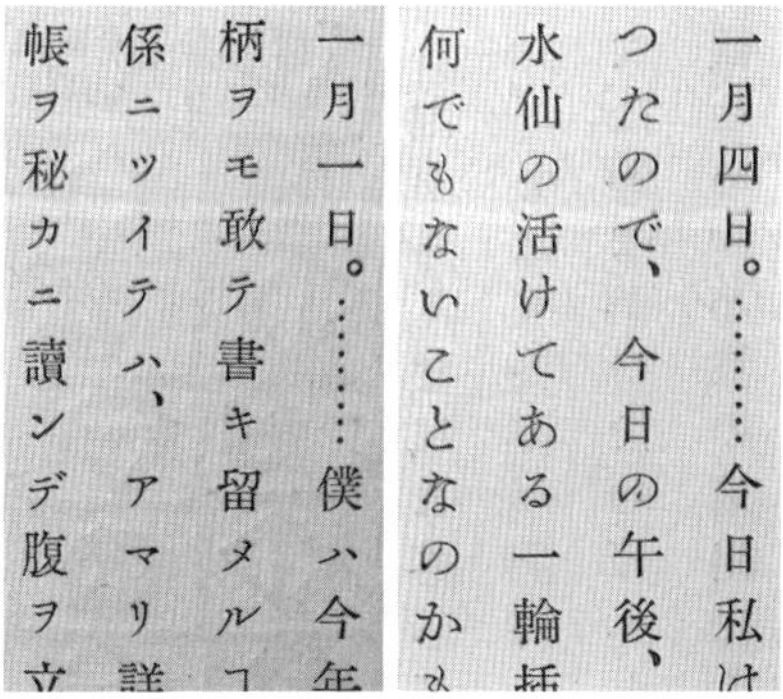
一月四日。……今日私は
つたので、今日の午後、
水仙の活けてある一輪挿
何でもないことなのか

一月一日。……僕ハ今
柄ヲモ敢テ書キ留メルコ
係ニツイテハ、アマリ
帳ヲ秘カニ讀ンデ腹ヲ

夫はカタカナ混じり、妻はひらがな混じり

そう考えると戦後の出版物にも関わらず、あえて合略仮名を作中に使用したのも理解は可能だ。また、合略仮名を使うはずの箇所で使っていないケースがところどころ見受けられる。これもおそらく谷崎の演出で、登場人物の心情が文字を綴るリズムや文体に影響を及ぼしている様子を表しているのであろう。なかなか興味深い技法である。

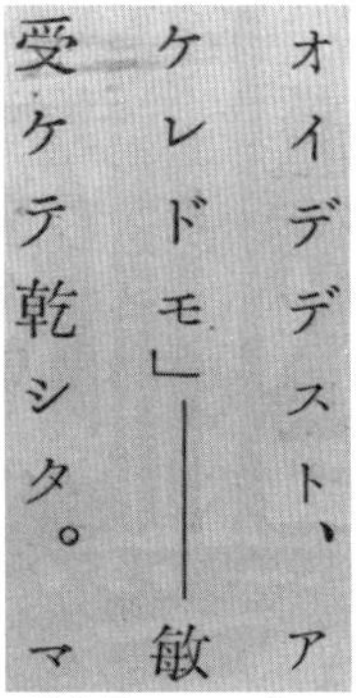

𪜈を使っていない

現在「ヿ」と「𪜈」は日本語文字コードに登録されているので少し工夫すればワープロを使って文章の中に表示させることは可能だ。しかし、その他の合略仮名は文字コードに存在しないので文字として表示させることはできないのである。[4]

何を基準にどの合略仮名や記号が日本語文字コードに登録されるのかはわからない。でもせっかく使えるのであれば、我々も谷崎潤一郎のように文章を味わい深くする目的で活用しても良さそうな気がする。――例えば手紙の差出人の末尾に使う「より」の合略仮名「𪜈」。こういうのは温もりがあるので個人的にはこれからも流行って欲しいところだが、いかがだろうか。

（1）本書二〇二ページ「そして——27文字目」

（2）『鍵』の中では合略仮名の「トモ」が「ドモ」を包摂する形で使われている。

（3）「ム」と「ム」——「ムいます」の「ム」とカタカナの「ム」。並べるとわずかに字形が異なるのが判る。

（4）本稿では「ヿ」と「〻」以外の合略仮名はすべて筆者がiPad上でSavage Interactive社のProcreateというソフトを用いて手書きで作成している。これらはInDesignなどのＤＴＰソフトを使用すれば文字と同じように文中で使用することが可能だ。

（『埼玉県医師会誌』八三九号　二〇二〇年二月）

「既読」に翻弄される

「既読スルー」がきっかけで人間関係がこじれた——そんな話題を耳にするようになった。「既読スルー」とはLINE[1]で投稿されたメッセージを読んだまま反応せず放置《スルー》してしまう行為だ。LINEでは送ったメッセージが開かれるとその横に「既読」と印が付くので読まれたことが分かるのである。

——既読印が付いているのに反応がない。

メッセージを受け取っても手が離せず、すぐに返信ができない正当な理由はいくらでも考えられる。それでもメッセージを送った側の中には無視されたのではないかと不安と憤りを感じてしまう人がいるのだ。そしてこれが仲違いのきっかけとなり、時にはいじめや傷害事件にまで発展してしまうケースもあると聞く。

そんなことで……と呆れてしまうが、心の平穏というものはほんのわずかなことで乱されてしまうものだ。

しばらく前に海外のニュース配信サイトで面白い記事を目にした[2]。スコットランドの図書館に勤める若い女性図書館員がある「ミステリー」についてツイッターで投稿した《つぶやいた》内容が取り上げられたのである。


ことの始まりは利用者からの問い合わせである。

——この図書館の〇〇セクションの棚にある書籍の多くは7ページ目のページ番号の下に線が引いてあるが、これには何か意味があるのだろうか。

そんな指摘を受けた図書館員はそこの棚に並ぶ書籍を数冊適当に抜いて確認してみた。すると確かに7ページ目のノンブル（ページ番号）の下をボールペンで線を引いた書籍が何冊か見つかったのだ。

——はて、ただの落書きにしては妙である。利用者の中に数字の「7」に執着している人が……もしや連続殺人鬼による何かの儀式か？

想像と妄想は膨らむ。——でもここはとりあえず上司に報告だ。

そして外出先から戻ってきた先輩司書に相談すると呆気なくその謎が解き明かされた。

今の図書館は貸出履歴をコンピューターで管理しているので、手に取った書籍が前に借りたかどうかを調べてもらうことは可能である。だが昔は読み終えたタイトルを覚えておくか、リストを作って管理するなど、利用者自身で工夫をしなければいけなかったのだ。当然、読書量が多いと覚えるのは大変だし、リストは図書館に行くたびに持っていくことになるので不便である。そこで一部の不届きな利用者は悪知恵を働かせ、読み終えた書籍に印を残すという手段を取ったのである。

Aさんは奥付のところに星印を、Bさんはタイトルページの角に丸を、Cさんは表紙の内側にイニシャルを……。利用者は各々自分だけがわかる印を書籍に書き込んでいったのである。

若い図書館員が見たのはそんな「既読印」の一つだったのだ。

子供のころ、近所の図書館でこういう既読印をよく目にしていたので個人的には懐かしい話題だが、このようにミステリアスな事件として取り上げられたことは意外だった。おそらく記事にした記者も書籍の既読印のことを知らなかったのに違いない。

当時、僕らはこの既読印のことを「ダン・マーク」（done mark：終了印）と呼んでいた。暑い日に外で遊び疲れると、みんなで冷房が効いている図書館に行ってダン・マーク探しを競ったことも幾度かある。おかげで僕らは書籍の既読印を見つけ出すという、生活に何の役に立たない特殊技能を小学生のうちから習得していたのだ。

ダン・マークが残される書籍は次の特徴がある。

・中高年の読者が多いフィクション。
・似たようなプロットで作品数の多いジャンル。
・作品数の多い作家。
・表紙のデザインが似たようなシリーズもの。

僕らの図書館では特にアガサ・クリスティやエラリー・クイーンなどの探偵小説やダシール・ハメットのハードボイルド小説、ハーレクイン・ロマンスなどの恋愛小説に既読印を認めるケースが多かった。

時には複数箇所マーキングされた「人気」作品が見つかることもある。僕らはこれを「jackpot」（大当たり）と呼んだ。

既読印は著作情報がある扉（copyright page）とタイトルページに書き込まれることが多く、コロフォン（奥付）や表紙の内側に見つかることもあった。冒頭の記事のように特定のページに印をつけるのはだいぶ手慣れた方の仕業だと思われる。

僕らの頃は鉛筆で書かれていることが多く、図書館員が消しゴムで書き込みを消している姿を見かけることが時々あった。ペン書きはこれに対抗する所業だと思うが、なんだかより悪質な気がする。でも実際のところ鉛筆であろうが、ペンであろうが公共の書籍を汚す行為であることには変わらない。

スコットランドの図書館員は自身が投稿した内容がこんなに大きく取り上げられるとは予想をしておらず、これをきっかけに既読印を残そうと考える利用者が各地域で増えてしまうことを懸念していた。本稿でその記事を紹介しながらこういうのもおこがましいが、「既読印」がきっかけで図書館との関係がこじれた――そんな話題をニュースで耳にすることがないことを願うばかりである。

――「Read This Book」に続く――

小学生の頃の経験を元にダン・マークが関係するショート・ストーリーを中学生になってから書いたことがある。エクストラ・クレジットにでもなるかと思っていたけど、提出する機会もなく日本に帰ってきてしまったので、以来ずっと放ったらかしになっていた。今回、冒頭の記事をきっかけに思い出したので日本語に書き直して紹介することにした。

アメリカでの話なので夏休みは三ヶ月近くあり、夏休み明けに新学年が始まるという前提でお読みいただきたい。

Read This Book

友達はみんなサマーキャンプや旅行に出かけるというのに、今年の夏休みはどこにも連れていってもらえなさそうだ。三ヶ月間、一人でいったい何をして過ごそう。

少年は悩んだ。

夏休み明けに自分だけ自慢話がないなんてことにはなりたくない。

「夏休みはね、普段しないことにチャレンジする期間なのよ。学年が変わっても何をしたか教えに来てね。楽しみにしてるわ」

ふと、最後の授業で先生がクラスに話したことを思い出した。

――普段しないこと……か。

と、そこで少年は閃いた。

――そうだ。図書館だ。

近所の図書館で今まで読んだことのないジャンルの本にチャレンジしてみよう。例えば……そう、近所のおじさんが良く読んでいるハードボイルドっていう探偵小説がいいかもしれない。友達も読んだことがないだろうし。我ながらグッド・アイデアだ。

少年はさっそく自転車にまたがって図書館に向かった。

ところが図書館に着いて、いざ探偵小説が収蔵されている棚の前に立ってみると、何を基準にどの本から読むのが良いのかさっぱり分からない。初っ端《しょっぱな》からつまらない本を選んでしまったら読み続ける気が失せてしまう。今回のチャレンジは最初が肝心だ。

題名を見て棚から本を抜き、表紙絵を眺め、本を開く。本文を数行読んでは棚に戻す。しばらくこれを繰り返すうちに少年はあることに気づいた。タイトルページの右上に「read this」(これを読め)と鉛筆で書き込まれている書籍が何冊かあるのだ。

――ハハァ。

これを書いた人はきっとこの本を誰かに勧めたいと思ったのに違いない。推薦人不明の推薦図書だ。面白いじゃないか。

――よしっ。

少年は決めた。今年の夏はこの棚の「推薦図書」を読破することにしよう。

こうして少年は夏休み中「read this」と書かれた本を読み漁った。元来読書好きで読むのが早いこともあり、三日で二、三冊というペースで読破していったのである。中には何で推薦したのか、よくわからない作品もいくつかあったが、それは自分がまだその面白さを理解できていないからだと考え、頑張って読み続けた。

夏休みもあとわずかというある日、いつものように図書館に行くとカウンターの横で図書館員が書籍を開いて消しゴムで何かを消していた。

「ねぇ。それって何してるの？」

「落書きを消してるのよ」

少年の質問に彼女は顔を上げて答えた。

「……読み終えた本に書き込みをするおじいちゃんがいてね。前から注意してるんだけどやめてくれないのよ」

よく見ると彼女の前には見覚えのある書籍が数冊積んであった。

あの「推薦図書」だ。

「ねぇ、もしかして落書きってそこの上の方にある……」

「そうよ、コレ。鉛筆で『read this《レッド・ジス》』（読み終わった）って書いてあるでしょ」

「……!?」

少年は言葉を失った。

「ふふ、消すのが大変だから真似しちゃダメよ」


——なんてこった。

本を借りず、自転車をふらつかせながら家に向かう少年は思った。

「read this」は命令形の「リード・ジス」ではなく過去形の「レッド・ジス」だったので

ある。少年はそれを推薦図書と勘違いしたまま読み漁っていたのである。夏休み中ずっと。

――こんな話、誰も信じないだろうな……。

少年は目を輝かせた。

――みんなが夏休みから帰ってくるのが楽しみだ。

（1）LINE：インスタントメッセンジャーと呼ばれるアプリの一つで、リアルタイムで特定の人々とメッセージのやりとりができるのが特徴。

（2）https://mashable.com/2018/04/05/library-mystery-codes-twitter-thread/

（『深谷寄居医師会報』一八四号　二〇一九年一月）

帰ってくるヨッパライ

二〇一七年の十二月二日、フォークシンガーのはしだのりひこ[1]が亡くなったニュースを耳にして二〇年位前に出張病院で知り合った患者さんのことを久しぶりに思い出した。

ある男性アーチストと同姓同名のＫさん。初めて会ったのは彼が六十ちょっと前の頃だ。その四、五年前に患った脳出血の後遺症で左半身を不自由にされていた。

左腕は何かを抱えるように屈曲していて、肘と手首は十分に伸ばすことができない。左手は薬指と小指が屈曲したまま拘縮して握ることはできず、親指と人差指の腹で物を摘むのが精一杯だ——いわゆるウェルニッケ・マン肢位[2]である。左の足首と膝は伸びたまま固まっているため、移動する時は左脚を小さく外側へふり回すようにしてゆっくりと歩いていた。杖は嫌がって使用していない。

独り身で定職を持たず、大酒家のヘビースモーカーでギャンブル好き。

本人は「ただのロクデナシだよ」と自嘲していたが、たしかに贔屓目に見ても決して人に自慢できるライフスタイルではなかった。パンチパーマで不健康そうな痩せ方をしていて目がギョロギョロ。道ですれ違ったら大抵の人は視線をそらして足早に通り過ぎようと考えるはずだ。色眼鏡を通して見られてもしょうがない風貌だった。

Ｋさんに初めて遭遇したのは平日深夜の救患室である。出張病院で当直している時に救急隊が連れてきたのだ。

かかりつけの男性。飲み屋で酔って椅子から落下。机の角に頭をぶつけて額が切れて出血している。意識障害はなく受け応えもしっかりしている――救急隊から入った連絡はそんな内容だった。

受け入れを承諾して約十分後、サイレンを鳴らしながら救急車が病院の前で停車した。そして間も無く急患室の扉がガーッと開いた。

「オラは死んじまっただー」

突然の歌声に面食らった。

見ると血で赤く滲んだ三角巾を頭に巻いた男性がストレッチャーの上に横たわって歌っていた。それがＫさんだった。

「あーら。まぁた来た」

一緒に対応してくれたベテラン看護師が呆れ声で言った。

「おう！　ただいまっ！」Ｋさんが右手を挙げた。

「もーっ、帰ってこなくていいわよぉ」

看護師はそう放ち、彼がちょくちょく急患帯に来院する常連さんだと教えてくれた。酔って怪我をしたり、動けなくなったり、道端で酔い潰れていたり、アルコールが絡む内容で救急隊が出動するのだという。

――なるほど、それで『帰って来たヨッパライ』か。

思わずＫさんの選曲に感心してしまった。

傷の縫合処置を終えたあと、一週間後に抜糸するので僕の外来を受診するように説明するとＫさんは「あいよっ」と一言。そしてゆっくりと起き上がり、体を揺らしながら帰っていった。


Ｋさんは元々別の曜日に常勤の先生が診ていたが、抜糸をしてからも僕の外来をちょくちょく受診するようになった。そして気がつくと、いつの間に僕が主治医みたいなことになっていたのである。人よりも色眼鏡が薄いとＫさんに思われたのかもしれない。

実際のところＫさんの見た目は苦手だったけど、その語り口は案外面白いのでお話を聞くのは決してキライではなかった。

ある時、Ｋさんの血液検査の結果を見ると肝機能が大分悪くなっていた。そのことを指摘し、アルコール性肝障害だからお酒を控えて肝臓を休ませてあげなければダメだと注意した。Ｋさんは不機嫌そうに眉間にしわを寄せ、目をギョロつかせた。


「センセはさぁ、酒はやんないいんかい？」

「普段は飲みませんよ」

「賭け事は？」

「昔はやったけど、もう興味はないですね」

「コレは？」小指を立てた。

「いや、まだチョンガーですよ」

「そうかい。ならセンセはオイラからすればダメ人間だね」

「えー。なんでですか？」

「呑まない、打たない、買わない……典型的な世間知らずのダメ人間だよ」

Ｋさんがニヤニヤしながら僕の顔を覗き込んだ。

ひやかされたことに気づいて話を戻した。

「ふふ。まぁ、やめろとは言わないから週二回くらい休肝日を設けてくださいね」

「あいよっ」

右手を挙げてKさんは診察室を出た。


それから数週間後の夜、当直中に救急隊から受け入れ要請の連絡が入った。

当院かかりつけ。左片麻痺のある五十代男性、アルコール臭あり。バイタル正常、意識はクリア。歩行中転倒し、起き上がれずにいる。

――Kさんだ。

救急隊が到着する前に出されたカルテを確認すると二週間前から五回ほど同様に当直時間帯に救急搬送されていたことが判った。前回のような縫合を必要とする傷はこしらえていないが、いずれもお酒が入ってのことだ。

救急車が到着し急患室の扉が開くとKさんが「大丈夫だから。大丈夫だって」とストレッチャーから起き上がろうとしていた。

「おっ。今日はセンセかい」

僕と目が合うと嬉しそうにヒョイと右手を挙げた。

急患室のストレッチャーに移すと「いやぁ、今日は久しぶりに飲んだわ」としらばくれた。

「……酔っ払って何回も来てるってカルテに書いてありますよ」

「あちゃー、バレたか」おどけて林家三平のように頭を掻いた。

「この前、週二回の休肝日って言ったじゃないですか……これじゃあ週二回の急患日ですよ」

つい釣られてダジャレをこぼしてしまった。

「おっ」Ｋさんが気付いた。

「……センセ、上手いこというねぇ」

「いやいやいや。冗談じゃなくてね」

一緒にいた看護師の冷ややかな視線に気付いて、慌ててごまかした。


でもそれ以降Ｋさんが夜間帯に救急車で来院することはなくなっていた。外来で本人に確認すると「金がねぇのさ」と吐き捨てた。酒は毎晩飲んでいるけど量が減ったのだという。

でも検査結果を見ると肝機能は前回より大分良くなっていた。

「スバラシイじゃないですか！」

少し大げさに喜んで見せた。

「この調子ですよ！」

Kさんもまんざらではなかったようだ。

「あいよっ」と右手をちょこんと挙げて嬉しそうに帰っていった。


それから半年ほど経って、しばらくKさんを外来で見かけていないことに気づいた。

他の曜日に移ったのだろうか。スタッフに確認してもらったらKさんのことを知る看護師がやってきた。

「先生。Kさんね、二ヶ月ぐらい前に亡くなったんですよぉ。夜、酔っ払って道路に寝転がっているところトラックに轢かれちゃったんですって」


ショックだった。

Kさんらしい最期と言えるかもしれない。でも、あの「あいよっ」がもう聞けないと思うと何となく寂しい。

それからしばらく『帰って来たヨッパライ』のメロディーが頭から離れなかった。

（追記）

先日、お付き合いは短くも大変お世話になった方が亡くなられた。年の差二十歳。失礼ながらウマの合う方だと勝手に親しんでいた。数ヶ月前にある会合でお会いした時は元気そうにされていたのに……。――あの時、下座から椅子を担いででも隣に座ってもっとお話をしておけば良かった。訃報が届いたその晩、家族が寝静まったあと独りでそんなことを思いながらウィスキーを二杯飲み干した。銘柄はその方に教わった秩父の名酒。

本稿は元埼玉県医師会副会長、奥野豊先生に捧げる。

（1）本名は端田宣彦。ザ・フォーク・クルセーダーズなど数々のフォークバンドで活躍。代表曲に「帰って来たヨッパライ」、「花嫁」、「風」などがある。

（2）脳卒中後の片麻痺で見られる姿勢。麻痺側の上肢は屈曲位、下肢は伸展位をとる。

（『埼玉県医師会誌』八一八号　二〇一八年五月）

椎樫横の診療所

「センセんちのさ、外にあるあの大きな木……あれ、なんていうん？」

外来で患者さんにそんな質問をされた。

「ああ、あれは椎の木ですよ……椎樫ともいうけど」

「シイガシかぁ。立派だねぇ」


我が診療所の横には大きな椎の木が立っている。

記録が残っていないので詳しいことはわからないが、曽祖父よりも前の時代に秩父の山からここまで運んできて植樹したという話だ。確認するとスダジイ――学術名：castanopsis《キャスタノプシス》 sieboldii《シーボルディ》――という種類で樹齢は約二五〇年。学術名にあるシーボルディとはもちろんあのフィリップ・フランツ・フォン・シーボルトのことである。

診療所の横にそびえる樹齢約 250 年の椎樫

シーボルトといえば日本人に西洋医学を教えたドイツ人医師だ。そんな人物の名前を冠した樹木をわざわざ診療所の横に植えた……。何だかそこに先祖の特別な意図、もしくは洒落っ気が隠れていそうな気がしてしまう。しかも小暮医院はこの地で五代続く診療所なのでその可能性がまったくないわけでもない。

調べるとスダジイの学術名は植物学者の牧野富太郎が一九〇九年に命名したことがわかった(1)――約一一〇年前のことだ。現在の樹齢を約二五〇年とすると一九〇九年の時点で樹齢は一四〇年だ。そんな大木をその当時、秩父から運んだとは考え難い。どうやら学術名をもとにスダジイの植樹を決めたわけではなさそうだ。――残念。

だが一つ確かなのは、この椎樫が百年以上も診療所とそこを訪れる人々を静かに見守り続けてきたことである。小暮家、いや小暮医院のシンボル・ツリーなのだ。

ここには決して『赤ひげ診療譚』や『Dr.クマひげ』のような激しい人間ドラマはない。(2) でもそれこそ椎の実の数だけ、ほのぼのとする小さなエピソードが転がっているのである。

——§——


かかりつけのSさんが奥様と一緒に診察室に入って来た。

Sさんは数年前に脳梗塞を患って左半身を少し不自由にされているが自立はしている。

診察が終わり、よっこらと立ち上がったSさんに声を掛けた。

「ここんところ寒暖の差が激しいから、風邪には気をつけてくださいね」

「はぁ、昔は毎年ひいたんだけどね。頭で倒れてから一度もひかないんよ」

「へぇ……。体質が変わったんですかねぇ」

すると奥様が横でフフフと笑った。

「脳梗塞でバカになったからですよ」

「でぇ……」——まさかの暴言に言葉を失った。

しかしSさんは「だいね！　ハッハハ」と大笑い。

——まあ、これはこれで仲が良いんだろうな……。

診察室を出ていく二人の背中を目で追いながら思った。

それから数日後、Ｓさんが咳き込みながら扉を開けて診察室に入ってきた。

「太郎センセさぁ。おいらね、ちと知恵がついたみたいよぉ」

そう言うと嬉しそうに鼻をすすった。


――§――


祖父から聞いた往診の話。

昔は行った先の家でお湯を沸かしてもらい、持参した医療器具を煮沸消毒したそうだ。

ある寒い日、初めて往診する村内《むらうち》の家に行った時のこと。

祖父が土間でコートを脱ぎながら出迎えたお婆さんに声を掛けた。

「しかし今日はハァ、なから寒《さみ》いねぇ（とても寒いですね）」

「だいねぇ」

そして体調を崩して寝込んでいるお爺さんの部屋に上がってお婆さんに指示をした。

「ん。じゃあ、ちとお湯を沸かしてくんない（お湯を沸かしてください）」

「あぁ。ハイハイ」

そう言ってお婆さんは奥へ引っ込んだ。

脈を測ったり胸を聴診したりしてしばらく待っていると、お婆さんが戻ってきた。

「先生、どうぞ」と祖父の前にお盆を置いた。そこにはお味噌汁とお箸が載っていた。

「ん？　これ何なん？」

「お湯よりこっちの方がよかんべ。たんとネギ入れたんで暖まっからどうぞ」

「でっ！　こりゃたまげた。味噌汁にしちゃあ消毒できん」


——§——

ウィリアム・サローヤンの小説『人間喜劇』
ジェイムズ・ヘリオットの自伝『ヘリオット先生奮戦記』
ソーントン・ワイルダーの戯曲『わが町』
ノーマン・マクリーン原作の映画『リバー・ランズ・スルー・イット』
ポール・サイモンの名曲『マイ・リトル・タウン』
昔から小さな町の小さな物語が好きだった。
おそらく子供の頃をフロリダ州、マイアミの中でもマイアミ・スプリングスという小さな町で近所のおじいちゃん、おばあちゃんたちに声を掛けられながらのんびり育ったことが影響したんだと思う。

彼らの家に遊びに行くと、一緒にお茶をしながら若い頃に経験した話を色々と聞かせてくれたのである。失敗した話、楽しかった話、感動した話、悲しかった話……。それは彼らの心に残る小さな物語。語る人がいなくなったら失われてしまうような儚い物語だ。

歴史という大きな物語は専門家たちのおかげで、我々が放っておいてもしっかりと記録されていくものである。なので大きい物語は彼らに任せ、我々は小さな物語を残すことに努力をすべきだと思う。それぞれの時代に異なる環境で生活する人々がその当時、どのようなことにどのような感情を持ったか――そういうことは歴史に記録されないからだ。

――§――

一日の診察を終え、医院の外に出て庭の椎樫を見上げる。

その日のことを振り返り、ボーッと思いに耽る……。ホッとする時間だ。

今日もかかりつけの男性に認知症の薬について質問されたのを思い出した。

「この前さ、テレビでやってたけど、認知症の薬ってのは何種類かあるんだって?」

「ええ。使う回数が一日一回とか二回とか、錠剤や細粒、液体、ゼリー、貼り薬とかね。研究が進んでいるからこれから新しいものも出てきますよ」

「てぇ、大したもんだ」

そしてある薬剤の主成分は彼岸花の一種から抽出されたという話をすると、何か閃いたように身を乗り出してこう尋ねてきた。

「じゃさ、畑んとこの彼岸花を齧《かじ》ってりゃあ賢くなるんかい？」

「そんなん、どうみても頭おかしい人でしょ」

「でっ！　だめかい」

「むしろ『爺ちゃんバカんなった』って病院に連れてかれるでしょうね」

「そりゃあうまかねぇなぁ」


──フフフ。

きっとおじいちゃんも、ひいおじいちゃんも、その前も、こうやって梢を眺めながらその日の愉快な出来事を思い出して微笑んだことであろう。


ザザザッ……。

風が吹き、頭上の葉っぱが騒がしく揺れる。

そして椎の実がひとつ、足元にポトン。

父の代になって診療所は新しくなり、母屋もしばらく前に建て替えた。近所の景色も畑の様相もだいぶ変わった。
そして椎樫は今も静かに僕らを見守り続けるのである。

（1）(Makino) *Botanical Magazine* (Tokyo) 23: 141 (1909)
（2）『赤ひげ診療譚』山本周五郎の短編時代小説。
『Dr.クマひげ』史村翔原作、ながやす巧作画の漫画。

（『埼玉県医師会誌』八四二号　二〇二〇年五月）

本書の制作を終えて

二〇一八年の三月に『晴耕雨医《せいこううどく》の村から』を上梓してから二年。二作目の随筆集を手掛けることとなった。前回に引き続き、今回も完全データ入稿の自費出版である。

自費出版の良さは何よりも大手出版社の篩《ふるい》に掛けられることなく自身の作品を書籍化できることだ。もちろん公序良俗の規定があるので何でもＯＫというわけにはいかないが、担当する出版のプロと相談しながら細かい仕様にこだわりながら自分好みの本を仕立てられるというのは大きな魅力である。

完全データ入稿は出版の費用を抑えることができる反面、文字組みやブック・デザインを自ら手掛け、印刷に必要なデータを用意しなければいけない。そのような作業を苦に思わない、もしくは楽しいと思える（変わった性癖を持つ）人でないと少しハードルが高いかもしれない。だがその分フレキシビリティーが高いのも確かだ。

書いたものを提出してから細かいところを書き直したくなることは珍しくはない。数値の誤りや誤字脱字衍《えん》字。これらの訂正指示は気兼ねなく出せる。でも文意が変わらない言い回しやリズム調整が目的の変更依頼は担当の方に悪くてなかなか言い出せないものだ。完全データ入稿ならどんなに瑣末なことでも納得できるまで自ら手直しすれば良いのである。

そして文字の配置やデザインにもこだわり、少し工夫すれば作中にちょっとしたアソビを仕込むことも可能だ。今回も前作同様、いくつかそのような工夫を行っている。

前作と共通する仕様

一、文章がページを跨がないように本文を組んでいる。

一、各作品の最初の二ページはアルファベットにちなんで26行で組んである。

一、唯一のカラーページをイロハ歌にちなんで四七ページに配置している。

一、本書の真ん中にあたる一五六ページ（前作は一八八ページ）は見開きで折句となっており、各行の頭文字を拾い読みすると読者へのメッセージが現われる。

本書における仕様

一、本書は天地をひっくり返す必要のないド・サ・ド製本に仕立てている。

一、「冒険の書」の一二三ページに掲載したゲームブックの例の中にある番号は本書のページ番号に対応させている。

一、本書の書籍ＪＡＮコードはチェックデジットが「５」になるように工夫した。

——書店の皆様にはご迷惑をお掛けすることになりますが申し訳ございません m(_ _)m

なお、表紙にある:)は「心」と笑顔にちなんだ我が診療所のロゴである。

（二〇二〇年三月）

I dedicate this book to my loving family.

I can be eccentric at times,

but I do what I do to

make you all

smile.

著者紹介
小暮太郎（こぐれ・たろう）
一九六七年アメリカ、フロリダ州マイアミ生まれ。中二の夏に帰国。
東京慈恵会医科大学卒業。医師・ブックコレクター・パズル愛好家。
埼玉県北にある診療所の五代目院長。

著書
『晴耕雨医《せいこううどく》の村から』——（第21回自費出版文化賞エッセイ部門入選）

Japanese private presses: A brief introduction to the modern shikaban

Taroh Kogure*

There are many books and periodicals that are readily available and published in English about private presses around the world. However, most fail to address private presses in countries that do not use the Roman alphabet and their derivatives in writing. In the very rare case where books from such countries are introduced, they are often books without text — picture books and livre d'artiste, or novelty books where text mean very little.

If one wanted to find something about Chinese ceremonial papers, Japanese washi, bamboo parchments (and gold beaters) of Myanmar, Korean metal movable types of the 13th century — one can always find various well researched materials about them. But anyone trying to learn about the private presses of this region will have great difficulty coming across any useful information. Even an internet search won't provide much help.

* Taroh Kogure is a Japanese collector and neurosurgeon born and raised in Miami. He has lived in Tokyo for the past 37 years and contribute articles about book collecting, private press, and linguistic trivia to several medical journals in Japan.

Wikipedia for example, has a section about private presses in the Asia-Pacific region but list only those from Australia and New Zealand. Surely we need something better.

As a book collector living in Japan, I can only provide information from what I learned through my hobbies here, but it's a good enough place to start. So I present here a brief history of Japanese private presses and how they differ from those of the West.

<The shikaban>

One of the first difficulties a bibliophile from the West will face asking a Japanese about private presses would be explaining what they mean by that term.

The common Japanese translation for private press is 'shikaban' — 'shika' meaning private and 'ban' meaning 'print' or 'edition'. But even this term may be incorrectly or inaccurately understood by Japanese whether or not bibliophiles.

Most *Parenthesis* readers understand that the term 'private press' implies that some sort of printing — most often with type — is usually done at the press. However, to most Japanese, 'shikaban' would simply mean a self-published book. And to a more bookish crowd, 'shikaban' will often be used synonymous to limited editions and deluxe bindings. The notion that any printing is done there is lost in translation.

Unlike private presses of the West, amateur presses had little to do with the emerging of shikaban in Japan. Type printing was not something anyone would choose to do as a hobby, and it was totally natural for shikaban publishers to rely on commercial printers to do the printing for them.

<Shikaban and commercial printing>

Japan was introduced to movable type fairly early in history. The Jesuit missionaries brought their printing press to Nagasaki in the early 16th century, and Japanese wooden type was produced to be used with roman type to publish translations of various books. These were called 'Nagasaki-ban' or 'Kirisitan (Christian)-ban' and even included an early Japanese translation of *Aesop's Fable*.

A facsimile of a Nagasaki-ban from 1611.
(Orii, Y. et al. (2011). *Hidesu no Kyo.* Tokyo: Yagishoten)

But type printing never really caught on and woodblock printing remained the common choice for commercial publication as late as the Meiji era of the mid 19th century. The main reason for this is that the Japanese language uses three different writing systems in combination: hiragana, katakana, and kanji. Producing sufficient amounts of type for each writing system, and then typesetting, was considered too inefficient compared to cutting a woodblock for each page.

One could in theory take up woodblock printing as a leisurely hobby but attempting to produce a book by oneself would be a different matter. One would have to prepare an outline for each page, transpose a mirror image of it onto the wood, and carve out the figures and letters meticulously. One would also need sufficient space to store the completed woodblocks.

Whether it be type printing or woodblock printing, setting up and working an amateur press requires space, time, funds, and great motivation. If one wanted to publish a book, it was more sensible to have a well-equipped and experienced commercial printer do the printing.

Such self-published books were common during the Edo era. Correctly identifying these is difficult: indicia and colophons weren't in use then. But researchers have suggested that over 30% of books from the Edo era are self-published shikabans.

It seems that self-publishing was a hobby long before amateur presses ever began in Japan.

<The mimeograph>

In Japan, printing as a hobby began with the mimeograph or stencil duplicator. Stencils are made by placing a stencil sheet over a file plate and cutting patterns upon it with a blunt metal stylus. Little holes are formed when the sheet is pressed onto the abrasive file plate. The stencil sheet is then placed on a blank sheet of paper and ink is rolled over it. The ink passes through the perforated areas of the stencil, creating a duplicate pattern on the paper below.

The method was patented by Edison in 1880 and refined by Shinjiro Horii and his son. It was then marketed to the Japanese public in 1894.

Horii used paraffin coated gampi washi for stencil sheets and his mimeograph was patented 'tosha-ban' (duplicate printer). However, it is more commonly known to the public by its onomatopoeic nickname, 'gari-ban' — from the scratching sound made by the stylus while producing a stencil.

Ad for the Horii tosha-ban

Gari-ban became popular for its simplicity. There was no need to prepare type or carve woodblocks, and the necessary equipment was compact and portable. This triggered the beginning of amateur presses in Japan.

<The beginning of the modern shikaban>

Japan experienced several major events after the Meiji reformation of 1868. Modernization and the industrial revolution of 1890 expanded the printing industry, and the Russo-Japanese War (1904–1905) led to taxation that affected the middle-class economy.

In 1923, the Kanto region — which includes Tokyo and Yokohama — was severely damaged by the Great Kanto Earthquake, and the lives of everyone changed dramatically. It was a time when people's view on traditional values shifted greatly.

Two things affected the shikaban community during this period: the 'Mingei' movement and the 'enpon' boom.

<The Mingei movement and shikaban>

In 1926, alarmed that traditional craft skills would be lost in the face of efficiency, and partially inspired by the Arts and Crafts movement, Soetsu Yanagi started the Mingei (folk craft) movement, rediscovering beauty in handcrafted tools, pottery, and utensils used in daily life. Mingei was about *ars populi* — crafts of nameless people — and 'yo no bi' — beauty in use and function.

A well used and worn tool was considered to be well refined and functionally beautiful. Unlike William Morris's heavily ornamental Victorian style, Mingei focused on 'wabi sabi' — the beauty of transience and imperfection.

The Mingei movement had an impact on people from various backgrounds. But it did not trigger a private press movement in Japan as the Arts and Crafts movement did in England. As we have seen, printing with type was an uncommon hobby and gari-ban amateur presses were not mature enough to evolve. But there were several members from the Mingei movement including Yanagi, who were interested in producing fine quality shikaban. One of the most devoted was the William Blake scholar and washi researcher, Bunsho Jugaku.

Jugaku and his wife produced a number of fine books from their home in Kyoto — the Koujitsu-An. They made washi for printing and bound their own books.

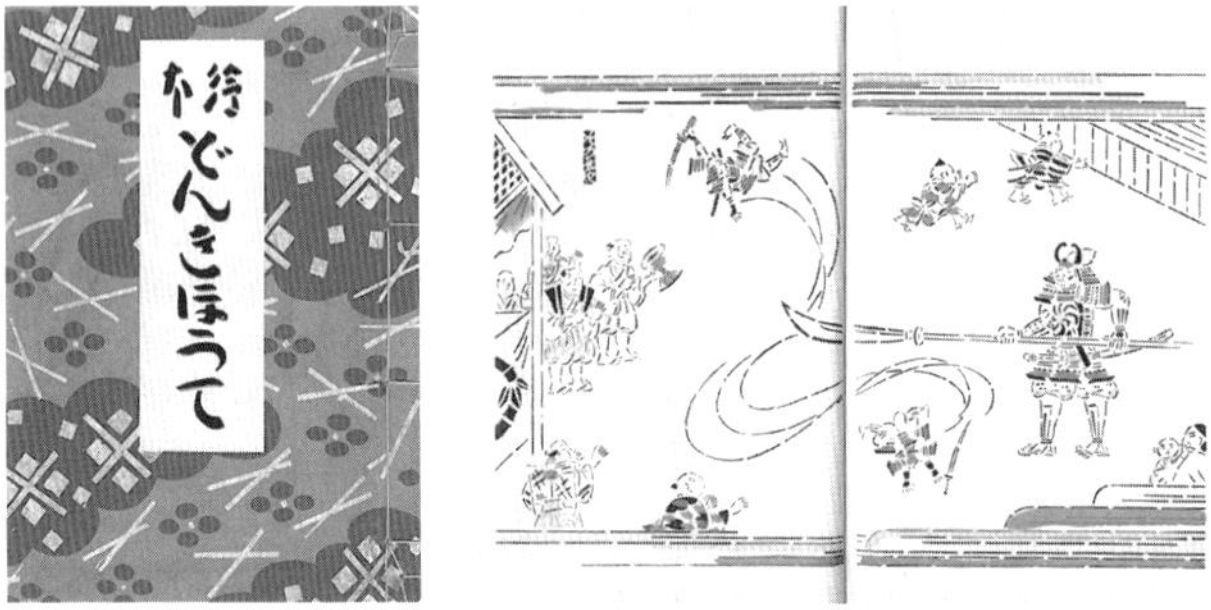

Cervantes (1936) *Ehon Donkihote*. (Don Quixote Picture Book). Kyoto, Koujitsu-An. Images by Nori Ebina (www.ebinashoten.jp)

The *Don Quixote Picture Book* (1936) commissioned by the American Cervantes collector, Carl T Keller, and produced in collaboration with the textile artist Keisuke Serizawa, is still regarded by book collectors abroad as one of the most beautiful fine press books from Japan during this period.

The following are other prominent shikaban publishers from this period who are well known in the book collecting community.

Shozo Saito (aka Sho-u So) and his Shomotsu Tenbo-sha was famous for producing special limited books bound with unconventional materials — used burlap, used post cards, tree barks, red algae (laver seaweed), snake skin, and other bizarre objects.

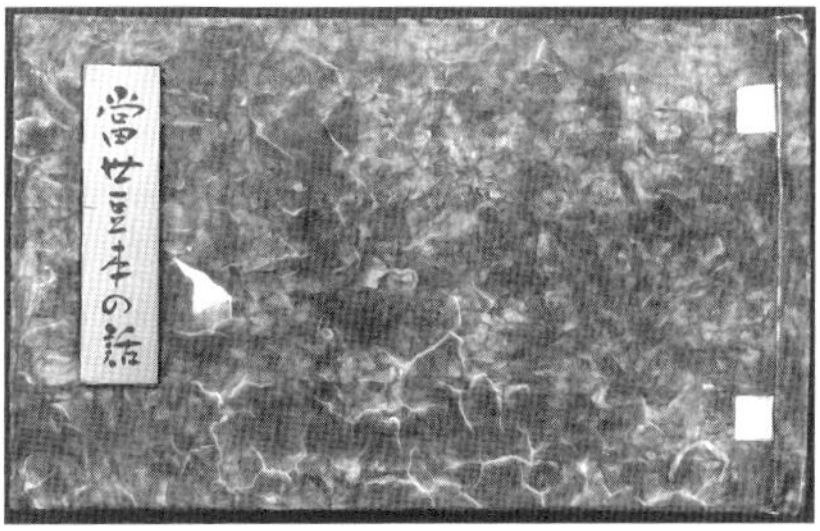

Shozo Saito (1946). *To-se Mamehon no Hanashi* (Miniature Books Today). Tokyo, Shomotsu Tenbo-sha. Bound with red algae (laver sea-weed)

Taro Shimo and his Aoi Shobo commissioned well known artists to illustrate his books. He was also one of the first people to introduce the history of Roman type and point out the importance of typeface design.

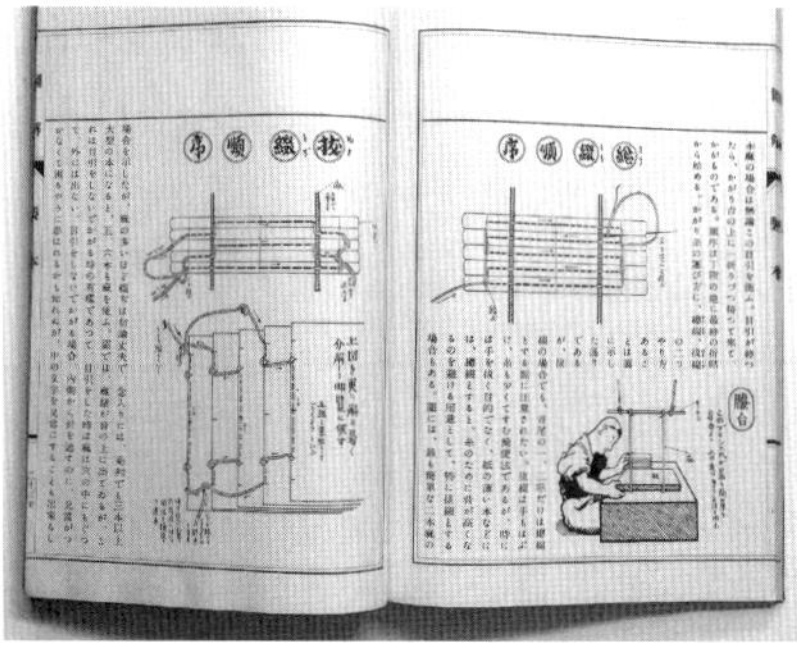

Tokusaburo Ueda (1941).
Seihon (Bookbinding).
Tokyo, Aoi Shobo
A book about bookbinding illustrated by Takeo Takei.

Kin (or Hitoshi) Moriya and his Shoshin-sha published books on art and poetry as well as books about books.

Mitsuru Nishikawa and his Nichiko Sanbo, produced beautifully illustrated books from Japanese occupied Taiwan.

<The enpon boom and shikaban>

Although some commercial publishers were able to recover from the damage of the Great Kanto Earthquake, most were hit hard and had to liquidate.

Three years after this disaster, one of the largest publishing companies, the Kaizo-sha, faced bankruptcy. In a last-minute effort, they came up with an idea to produce a collection of modern Japanese literature priced at a surprisingly cheap 1 yen per volume to subscribers. It was a SPQR (small profit quick return) move, made out of desperation but it turned out to be a great success. Seeing this, other publishers followed suit prompting the 'enpon' (yen book) boom.

This trend lasted for several years, allowing cheap, mediocre to poor quality books to fill shelves throughout Japan. This trend caused people in the bibliophilic circles to reconsider what an ideal book — the Book Beautiful — should be.

Masayuki Egawa and his Egawa Shobo, and Seizo Noda and his Noda Shobo were two shikaban producers highly critical of the enpon boom. They both produced their version of the ideal book — quiet, simple and spacious, with little decoration, but using fine materials, and allowing the readers to engage fully with the text. Their style was the 'junsui zo-hon' (purist book design).

Two books produced in the 'junsui zo-hon' (purist book design) style in response to the enpon boom.
Left: Tatsuo Hori (1932). *Sei Kazoku* (The Holy Family). Tokyo, Egawa Shobo
Right: Tatsuo Hori (1938). *Kaze Tachinu* (The Wind Rises). Tokyo, Noda Shobo

<Post war shikaban>

Shikaban became popular after World War II, especially in the 1950s. By this time, several gari-ban hobbyists had established their own amateur presses and begun publishing books and periodicals. Until the mid 1990s, there were roughly two types of shikaban. The traditional shikaban, printed by commercial printers and the new shikaban printed with the gari-ban mimeograph.

Hidetaro Imamura's Gohachi Shobo in Ginza commissioned well known artists and published many fine books which are still collected and highly praised by bibliophiles today. He also produced well illustrated books about bookplates.

Yozue Saito (aka Koremi Tei) used the gari-ban to print and publish informative books and periodicals about books and book collecting.

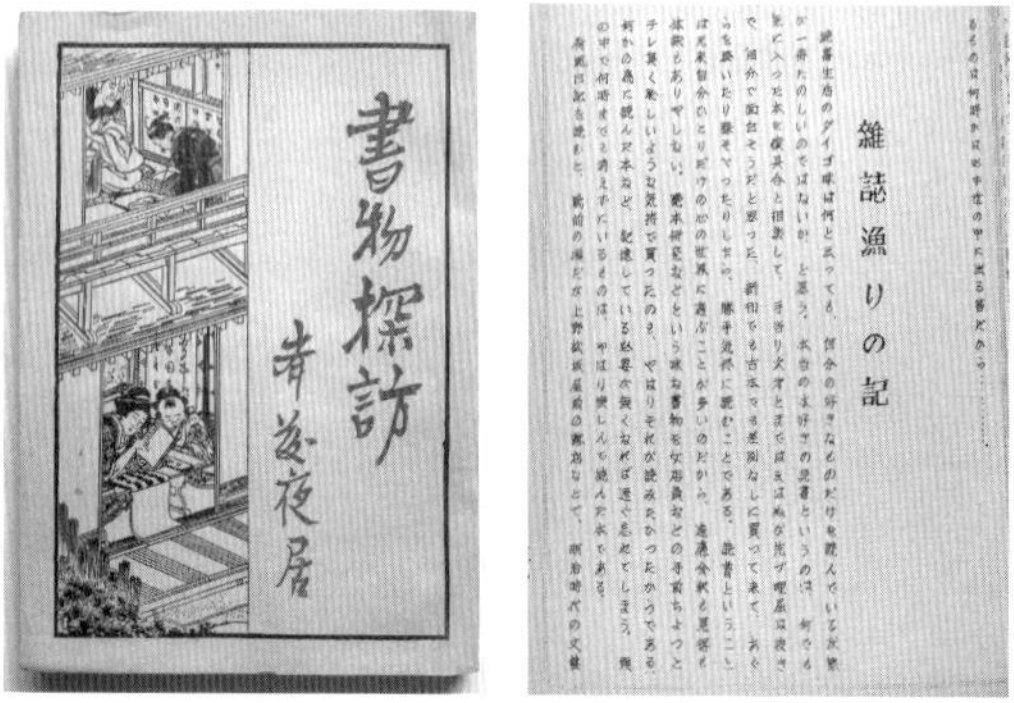

Yozue Saito (1965). *Shomotsu Tanbo* (Book Hunting). Tokyo, Koremi Tei. A gari-ban printed book about book collecting.

Norio Sakai (aka Suiyo So) also frequently used the gari-ban to publish books about various collectibles such as toys, stamps, tickets, pamphlets, and other ephemera. He was also well known for grangerizing his books — pasting related materials and objects within the pages.

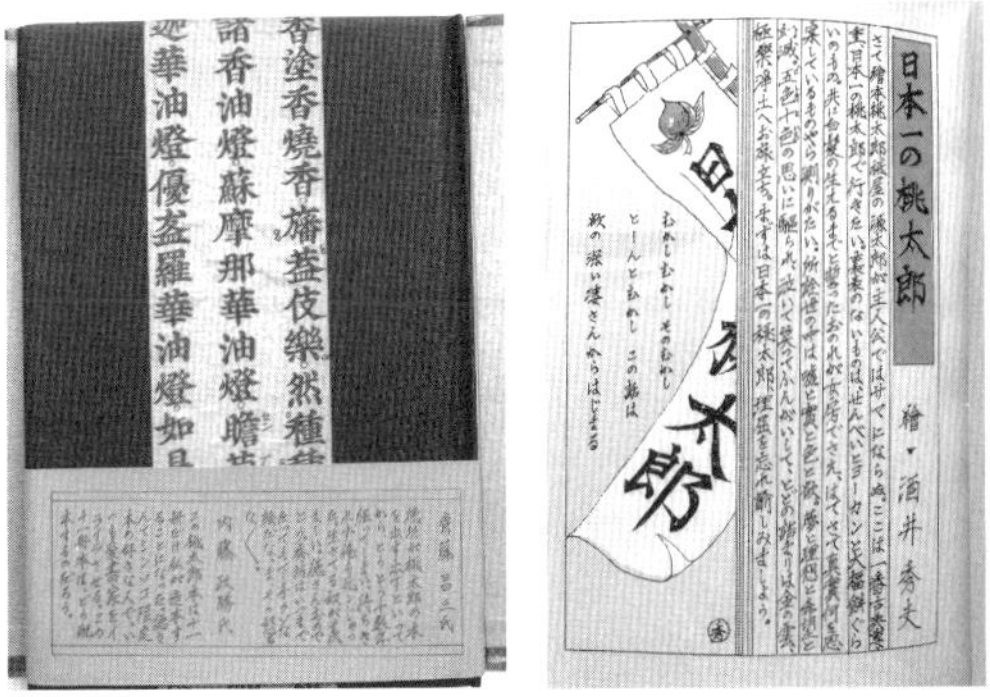

Japanese fable (1969). *Jissetu Ehon Momotaro* (Momotaro picture book, the true story). Tokyo, Suiyo So — Gari-ban print by Norio Sakai. Illustrations by Hideo Sakai (Norio's brother), and bound by the acclaimed shikaban bookbinder, Masakatsu Naito (Sei-en So).

Minoru Yasojima (1942). *Uguisu* (Nightingale). Tokyo, Sei-en So. A collection of poetry beautifully bound by Masakatsu Naito. Cover design by the widely famous print artist, Junichiro Sekino.

Masakatsu Naito (aka Sei-en So) was a self-established bookbinder well known in the shikaban community. He worked with Shomotsu Tenbo-sha, Gohachi Shobo, Suiyo So, and with renowned artists like Junichiro Sekino and Yasouji Wakayama.

Kikyo Sasaki and his Presse Bibliomane was well known for publishing numerous specially bound books in the 'junsui zo-hon' style.

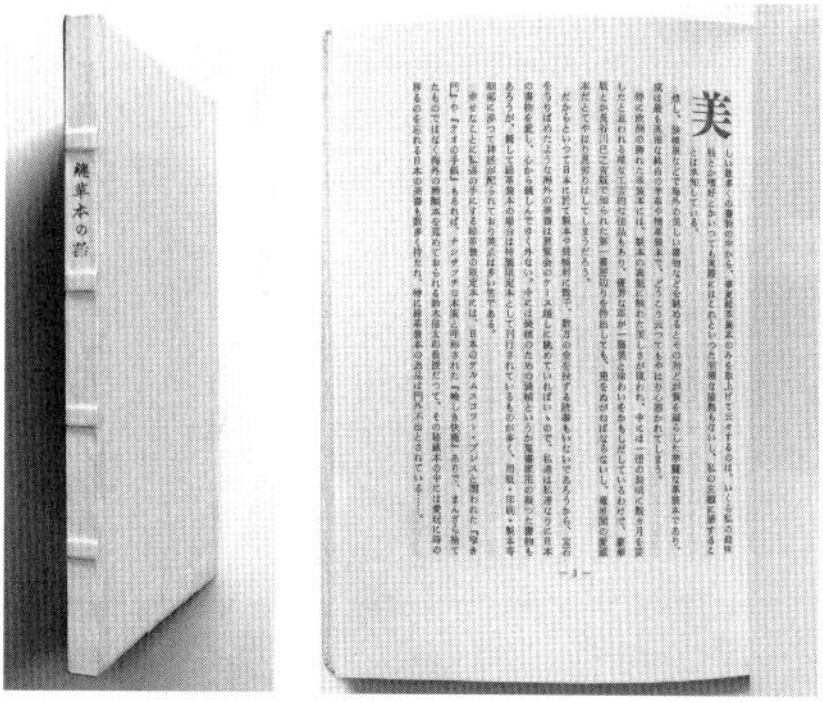

Kikyo Sasaki (1957) *Soukawabon no hanashi* (Full leather-bound books). Tokyo, Presse Bibliomane.
A book about books bound in full leather. Another 'junsui zo-hon' style shikaban.

<Future of shikaban>

Hand crafted shikabans have become scarce in recent years. Gari-ban printing continued until the mid 1990s after which word processing software, printers, and photocopiers became more readily available. Anyone who wants to publish a book by themselves can now do so from their computers.

Interestingly however, the younger generations of people from the art community are now interested in the manual craft of producing physical books. Students are studying typography, learning about punch cutting and working with metal type. There are workshops with people experimenting with letterpress and fine bookbinding (relieure d'art).

It seems that those who played with the gari-ban mimeograph in their younger years will be leading a new shikaban movement in Japan in the near future. This I'm sure, is going to be fun to watch.

<Afternote>

The late Roderick Cave published 'The Private Press' in 1971 and the revised second edition came out in 1983 — that's 48 and 36 years ago. We should be considering a major update covering the private presses around the world. And this time, it should include materials about private presses from countries that do not use the Roman alphabet.

I sincerely hope that other book collectors from such countries will also share their knowledge here in the future.

This article was originally published in
Parenthesis 38 (Spring 2020) Fine Press Book Association.
Extra images has been included in this version.
All images are from the author's personal collection
unless noted otherwise.

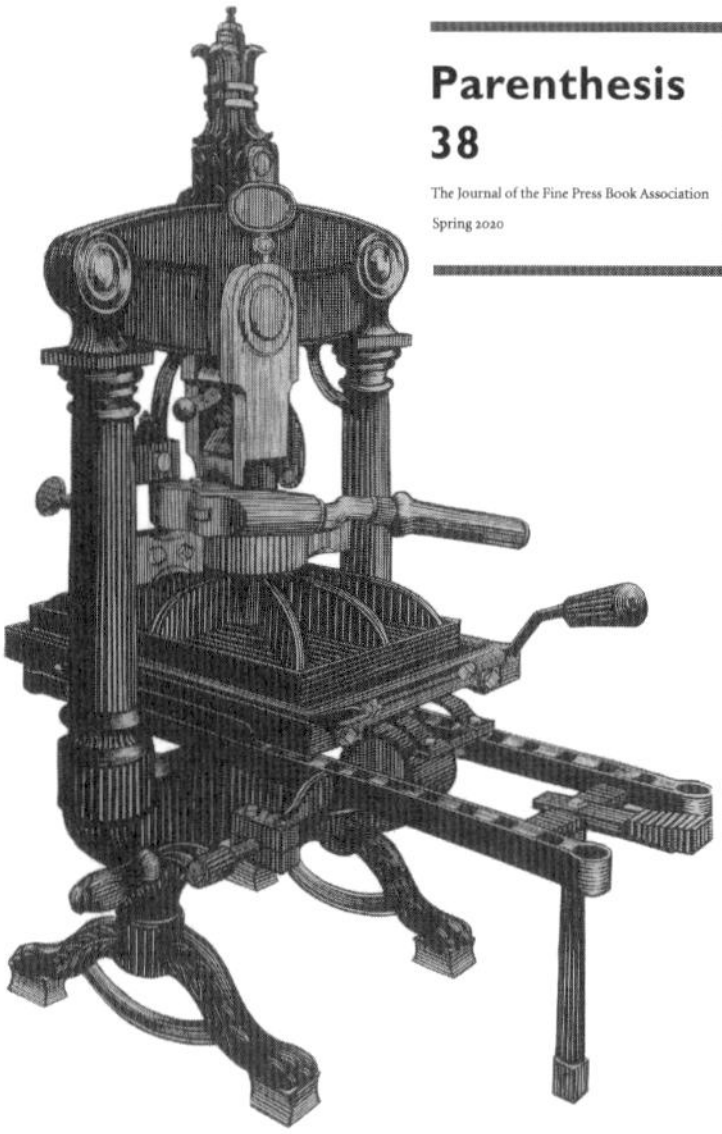

Parenthesis 38

The Journal of the Fine Press Book Association

Spring 2020

椎樫横の診療所

二〇二〇年五月一日　第一刷発行

著　者　小暮《こぐれ》太郎《たろう》
発行者　太田宏司郎
発行所　株式会社パレード
大阪本社　〒五三〇-〇〇四三　大阪府大阪市北区天満二-七-一二
☎〇六-六三五一-〇七四〇　ＦＡＸ〇六-六三五六-八一二九
東京支社　〒一五一-〇〇五一　東京都渋谷区千駄ヶ谷二-一〇-七
☎〇三-五四一三-三二八五　ＦＡＸ〇三-五四一三-三二八六
https://books.parade.co.jp
発売所　株式会社星雲社（共同出版社・流通責任出版社）
〒一一二-〇〇〇五　東京都文京区水道一-三-三〇
☎〇三-三八六八-三二七五　ＦＡＸ〇三-三八六八-六五八八
装　幀・イラスト　小暮太郎
印刷所　創栄図書印刷株式会社

ISBN 978-4-434-27361-2 C7095

 For information, address Parade Inc., 2-10-7 Sendagaya, Shibuya-ku, Tokyo, JAPAN 151-0051

FIRST EDITION
Designed by Taroh Kogure
ISBN 978-4-434-27361-2

Japanese Private Presses: A Brief Introduction to the Modern Shikaban

Taroh Kogure